0,95 centimes

Select–Collection

PAUL ADAM

Le troupeau

de Clarisse

ROMAN

E. FLAMMARION, Éditeur, 26, rue Racine.

Le troupeau de Clarisse

ŒUVRES DE PAUL ADAM

PUBLIÉES PAR LA LIBRAIRIE E. FLAMMARION

COLLECTION IN-18 JÉSUS.

LE TEMPS ET LA VIE

LE LION D'ARRAS.
LA FORCE (2 volumes).
L'ENFANT D'AUSTERLITZ (2 volumes).
LA RUSE.
AU SOLEIL DE JUILLET.
LA BATAILLE D'UHDE.
LES IMAGES SENTIMENTALES.
LE MYSTÈRE DES FOULES (2 volumes).
LE TRUST.
LA VILLE INCONNUE.
LE CULTE D'ICARE.

ESSAIS

CRITIQUE DES MŒURS.
LE TRIOMPHE DES MÉDIOCRES.
VUES D'AMÉRIQUE.

L'ÉPOQUE

ROBES ROUGES.
LA PARADE AMOUREUSE.
LES CŒURS UTILES.
LES CŒURS NOUVEAUX.
LE VICE FILIAL.
L'ANNÉE DE CLARISSE.
LES TENTATIVES PASSIONNEES.
LE TROUPEAU DE CLARISSE.
LE SERPENT NOIR.
COMBATS.
LES LIONS.

THÉATRE

LE CUIVRE, drame en 3 actes (en collaboration avec A. PICARD).
LES MOUETTES, pièce en 3 actes (Comédie-Française).

PAUL ADAM

Le troupeau de Clarisse

ROMAN

PARIS

ERNEST FLAMMARION, ÉDITEUR

26, RUE RACINE, 26

Le troupeau de Clarisse

I

Fort maussade, Clarisse sortait de l'école. Elle se fût tiré la langue devant la glace de l'épicerie, rien qu'à voir son visage taché d'encre, pâli par les larmes, serré par le caoutchouc du chapeau de paille où tremblotaient quelques cerises de cire. Toujours elle était punie pour son insuffisance à parfaire les calculs des problèmes. Il ne l'intéressait pas de découvrir en combien d'heures la locomotive de l'express attraperait le train de marchandises parti d'avance. Elle allait donc, très marrie d'avoir à résoudre quatre énigmes d'arithmétique, en guise de pensum.

Bossuée par les livres classiques, la serviette pesait à son bras nonchalant. Clarisse lécha la paume trop sale de sa main droite, qu'elle essuyait ensuite contre la serge du tablier. Le rose net de la peau ainsi traitée par la salive l'étonna comme une couleur neuve, inattendue, d'autant que la crasse du poignet, des phalanges, maintenait le contraste entre l'état présent et l'antérieur. Mais cette occupation ne put distraire Clarisse qu'un moment... D'ailleurs, le ciel était sombre, la rue quasi déserte. Derrière les vitrines du sellier, de l'emballeur, du luthier, rien n'était que le connu, du banal et d'ennuyeux. L'écolière marchait lentement. Elle appréhendait le retour chez son père, les questions acerbes, et, tout aussitôt, le travail des devoirs dans la lueur ronde dispensée par l'abat-jour, sur la toile cirée de la table. Elle aspira, soudain, à l'époque heureuse où elle atteindrait seize ans. Alors, elle serait cocotte comme les belles dames assises aux terrasses des cafés. En robe tailleur, et sous les feutres à panache, elle boirait des liqueurs chères offertes par des messieurs bien mis.

C'était l'avenir qu'elle se souhaitait, en dépit des remontrances paternelles, depuis longtemps. Le soir même de sa confirmation, comme elle trônait à table, parmi les louanges de la famille et des amis empressés vers les blancheurs de ses tulles, de son âme, la grand'tante, assurant ses lunettes sur son vieux nez pour la mieux voir, tout à coup, avait dit :

— Ecoute, Clarisse... Quand tu seras grande, qu'est-ce que tu feras?

— Je serai cocotte, tiens!... avait répondu la petite, avant que la gifle du père n'ensanglantât ses narines frêles.

— On peut dire qu'elle tient de sa mère!... criait-il, furibond.

Car il ne se consolait pas d'avoir été quitté par sa femme adultère, après quatre ans de mariage.

Là-dessus on s'était levé en tumulte, qui riant, qui grondant, qui taquinant Clarisse. Sa grand'-mère l'avait joliment secouée pour la conduire au lit, la dépouiller de sa robe candide et lui faire renifler de l'eau mêlée de vinaigre.

Maintenant, l'écolière ne comprenait pas encore la cause de cette indignation. Elle se représentait le magasin où l'on avait dressé le couvert du festin, ses oncles debout qui la morigénaient en torchant leurs moustaches humides, tandis que le cousin Alfred vidait le fond d'un litre dans son verre, et que Niniche agrippait une pomme dans le compotier. Pourquoi cette colère, ces outrages? Depuis, Clarisse, un jour des courses, avait admiré la magnifique dame en victoria, dont l'attelage bousculait un humble fiacre. Le sergent de ville, l'homme de la Loi, respectueusement avait soulevé son képi pour prendre l'adresse de la superbe créature aux oreilles parées de grosses perles, à la chevelure comme ciselée dans le vermeil, au manteau d'hermine, tel que ceux portés, sur les images, par les rois de France.

— Ça en fait des manières! C'est une cocotte, une ordure, quoi!... avait jugé le père de Clarisse en haussant les épaules, et en crachant, goguenard, vers la prestigieuse personne.

A quelque temps de là, dans la rue Oberkampf, la fillette, avec sa grand'mère, s'était jointe à un autre rassemblement. On entourait un sergent de ville qui maltraitait une marchande des quatre-saisons; elle stationnait trop longtemps avec sa brouette remplie de légumes. La vieille pleurait. Pour essuyer son visage flétri et lourd, elle exhumait une loque de son large tablier, assemblage de morceaux dont mille lessives avaient unifié les nuances disparates.

— Mais, vieux chameau, criait l'exécuteur des Lois, si tu rouspètes, je te fourre au bloc... et tout de suite... As-tu compris?

— C'est malheureux, ça, avait murmuré la grand'mère de Clarisse. Une si brave femme! Je la connais bien, cette pauvre Mme Choulard ; elle élève ses quatre enfants : et elle nourrit les parents de son mari qui est défunt... Voir traiter comme ça une si honnête femme.

Or, Clarisse se refusait à croire que son père et sa grand'mère la voulussent injuriée par les sergents de ville, en qualité d'honnête femme et non dévotement saluée par ces puissants fonctionnaires, en qualité de cocotte. Au reste, l'enfant n'ignorait pas qu'elle serait avenante. Déjà les chalands lui souriaient quand elle leur ouvrait la porte du magasin Sorgon, quand elle vantait les mérites des vieilles estampes, quand elle ficelait les paquets de livres, le jeudi, pour aider sa grand'mère employée chez le bouquiniste. Elle se savait prête à devenir la fine demoiselle de magasin que les galants recherchent.

Eté, lorsque le dimanche, sur le trottoir de sa boutique, elle plaisantait avec ses jeunes voisines, avec leurs frères, le divertissement principal consistait à feindre d'élégantes démarches, à se rencontrer, comme par hasard, sur le bord du ruisseau, pour se saluer cérémonieusement : « Bonjour, gommeux. — Bonjour, cocotte. — Quelle heure est-il, gommeux ? — Trois heures et demie, cocotte ! — M'offres-tu quelque chose, gommeux ? — Une anisette, si tu veux, cocotte . — Entrons au café, gommeux !... »

Entre ses camarades, Clarisse n'aimait pas Louis Davrot, le fils de la fruitière : toujours armé de bâtons, pourvu de trompettes, il exigeait qu'on s'alignât sous ses ordres. Il entraînait à des conquêtes bruyantes et mal vues par les concierges du quartier. En manière de plaisanterie, il donnait de grands coups de poing qui faisaient mal. Il tirait les nattes des petites filles jusqu'à ce que les larmes leur vinssent aux paupières. Gros et joufflu, les mollets à l'air, le groin rose, le crâne tondu et tout piqueté d'or, Louis se pavanait dans des costumes de matelot à cols vastes. Il avait treize ans et demi, tandis que Clarisse en comptait quatorze. Bien qu'elle le détestât, à cause de mille tracasseries méchantes, elle pensait à lui les jours de problèmes. C'était un sérieux mathématicien. La preuve par neuf, il la réussissait constamment. Après quatre gribouillages, il devinait en combien d'heures les quatre fontaines, à débit variable, remplissaient d'eau quatre réservoirs de capacités différentes. La règle de trois, il l'utilisait sans faute, d'ordinaire. A marcher avec lenteur, le long des vitrines sans intérêt, Clarisse espérait, ce soir-là, qu'il paraîtrait bientôt sur son chemin. En se laissant tarabuster, peut-être obtiendrait-elle qu'il lui fournît les solutions du devoir supplémentaire.

Ainsi que chaque jour, ayant déposé son cartable sous le comptoir de la fruitière, Louis s'avança dans la rue à cloche-pied. Il cherchait quelque lieu propice à la manœuvre de la toupie.

Dans ces tours d'adresse il excellait. Son orgueil acceptait qu'un cercle de badauds admirât comment, à l'intérieur d'une circonférence de craie, plusieurs oignons de bois tournaient et ronflaient sans franchir la limite. Clarisse l'aperçut qui traçait la figure circulaire sur l'asphalte. Elle se prescrivit de flatter la manie du vaniteux. S'arrêtant non loin de là, d'abord elle garda l'attitude d'une jeune personne remplie de vénération et qui n'ose trop s'approcher du miracle. Elle se cambra sur ses hautes jambes en bas noirs, boucla mieux sa ceinture de cuir autour du sarrau, se fit une taille bien que son instinctive coquetterie ne raisonnât guère.

Louis simulait l'indifférence. Il joua le bourru, ne répondit au bonjour timide que par un signe de tête ; car il lançait alors sa dernière toupie au milieu de celles qui tournoyaient. Des spectateurs s'assemblèrent. Outre le télégraphiste, l'enfant-boucher et le marmiton d'usage, d'autres gens s'ébahirent. Cela rendait la tactique de Clarisse plus difficile. Elle n'imaginait plus le moyen de proposer à un personnage de cette importance l'abandon de sa gloire pour aider une malheureuse fille que tracassaient les malices du calcul. Néanmoins, elle poussa quelques petits cris d'approbation, puis trépigna lorsque les cinq toupies virèrent ensemble. Alors, Louis daigna la regarder. Il haussa les épaules, sourit, remonta son pantalon, et dit :

— Quelle môme ! Ça n'a jamais rien vu !

A quoi le télégraphiste, le marmiton et l'enfant-boucher donnèrent leur assentiment par un rire de méprisante ironie.

Quelques gouttes de pluie se mirent à brunir l'asphalte. Cinq heures sonnèrent à l'église voisine. Les spectateurs se retiraient autant pour éviter l'averse que pour vaquer à leurs besognes officielles.

Clarisse eut peur de l'eau qui tombait plus dru. Le porche du menuisier était ouvert. En deux sauts, elle s'y réfugia. Les gouttes faisaient rejaillir l'onde trouble du ruisseau qu'elles trouaient.

Clarisse osa prier :

— Louis ! tu vas mouiller ton col. C'est ta mère qui sera méchante !... Viens donc ici.

Il ramassait les toupies, les enfouissait dans ses poches qu'elles bosselèrent. Après avoir regardé si quelque autre endroit n'offrait pas un meilleur asile, celui de Clarisse finit par l'attirer. Il y vint, s'adossa contre la muraille ; ensuite il roulait la ficelle motrice autour de son poignet, soigneusement. Mais l'averse oblique pénétra sous le porche. Clarisse courut se mettre à l'abri derrière le camion, remisé là. Elle se glissa dessous ; elle s'assit, tira son tablier sur ses jambes par une vague pudeur, car Louis regardait la guipure un peu sale des pantalons.

— Viens donc par là, pria-t-elle. On est dans sa maison. C'est rigolo! la pluie ne vous attrape pas! Vie s donc!

A quatre pattes, il la rejoignit, et près d'elle, aboya en gonflant les joues. D'une voix caverneuse, il la prévint :

— Je suis le gros loup qui mange les bergères!... Ouâ! Ouâ!

Il ouvrit la bouche pour la mordre... et la mordit, en effet, au-dessus du coude, si fort qu'elle pensa pleurer.

— Je parie que tes dents marquent!

Elle releva sa manche sur le bras potelé, découvrit des traces roses. Lui riait, le groin épanoui, fier de sa force. Clarisse pansait, au moyen de la salive, son mal :

— Pour la peine, tu vas me faire mes problèmes! Ou bien, je le dirai à grand'maman que tu m'as mordue!

Il demanda quels problèmes. Elle tira son cahier de la serviette. Conscient de sa supériorité, Louis jeta sur les textes un regard dédaigneux.

— Et tu ne sais pas t'en sortir toute seule? Malheur... Tu en as une santé de me demander que je te les fasse!... Qu'est-ce que tu me donneras en échange?

Narquois, et le nez en trompette, il la regardait, clignant de l'œil. Elle se défendit contre de telles exigences :

— Tu m'as mordue!

Ce lui semblait un argument péremptoire. Il lui devait, pour ce dommage, une indemnité véritable. C'était logique. Elle avait le droit de réclamer le prix du sang, comme aux temps mérovingiens. D'avoir imaginé ce troc, elle s'estima géniale. Elle le tenait. Il lui communiquerait les solutions. Mais, Louis répliqua :

— D'abord, je ne t'ai mordue qu'une fois; et il y a quatre problèmes...

Clarisse demeura stupide devant cette objection judicieuse et impromptue. Faudrait-il être mordue trois fois encore. Ce l'effraya. Le mathématicien était capable de la mettre en sang... De son groin friand, rose, il l'en menaçait. Les oies d'or brillaient autour du front opiniâtre et bas.

— Il y a quatre problèmes, et je ne t'ai mordue qu'une fois!... répétait-il, triomphant.

Clarisse essaya de transiger :

— Tu peux toujours m'en faire un... Tiens, celui-là : « Une citerne qui contient quatre décalitres d'eau, perd dix-huit centilitres par évaporation, en une heure, lorsque le soleil d'été la chauffe. Si l'on suppose... »

Louis arracha le cahier des mains tremblantes.

— D'abord, si tu ne sais pas calculer, tu ne pourras jamais être cocotte, ma vieille! Des cocottes, c'est des mômes qui calculent tout le temps, pour estamper les types dans les grands prix!

— Ah! fit naïvement Clarisse.

Jamais elle n'avait prévu cette difficulté, qui lui parut insurmontable. Son rêve d'avenir s'effondrait, faute d'arithmétique. Et son père désirait qu'elle entrât au Conservatoire, qu'elle fût au moins petite actrice, puisqu'il renonçait à en faire une honnête femme. Sans doute, les robes élégantes, les chapeaux mirobolants étaient la récompense d'un savoir compliqué. Quand elles se tenaient, graves et correctes, aux terrasses des brasseries, ces dames pensaient à des formules d'algèbre, à des théorèmes de géométrie. Comment acquérir de tels dons? Rapide, Louis alignait au crayon, sur un coin du cahier, les chiffres des multiplications. Clarisse l'enviait en songeant que s'il était fille, il pourrait déjà vivre en courtisane. Que ne possédait-elle cette connaissance de la mathématique? Depuis six mois, au moins, elle trônerait dans les restaurants avec des messieurs très polis.

Dehors, il pleuvait toujours. Les fiacres ruisselants passaient au trot. Des gens couraient vers les asiles des portes. L'asphalte noircie par l'inondation miroitait. Alors, la tristesse et la déception de Clarisse furent atroces. Elle s'assura que toute son existence s'écoulerait dans le logis paternel. L'unique espoir de grandeur s'effaçait. Son chagrin s'exalta, quand elle imagina son mariage avec le cousin Alfred dont les mains furent abimées par la poix et le fil. Il s'enivre tous les samedis et casse alors la vaisselle en jurant et vomissant partout. L'illusion s'aviva tant, que Clarisse eut peur des coups prodigués par l'ivrogne à sa mère, à sa sœur. Un sanglot étrangla la fillette. Une buée de larmes noya ses yeux. Elle gémit et son désespoir vainquit sa honte.

— Pourquoi que tu pleures? demandait Louis. Le v'là, ton problème... C'est pas plus malin que ça! Pourquoi que tu pleures?

De son bras, il entoura le cou de l'écolière, à l'ombre du camion. Il posa tout de même ses lourdes lèvres contre la joue de sa protégée. Le sentant amical et câlin, elle avoua que ne pouvoir être cocotte, lui semblait affreux. Elle confessa toute sa crainte de vivre sans liqueurs et sans toilettes au fond d'une pauvre chambre, en regardant son père lire, au retour du bureau, ses quatre journaux d'un sou. Alors, Louis l'attira sur ses genoux; et, profitant de ce que plusieurs caisses vides, déposées entre les roues du véhicule, les séparaient du monde, il glissa dans le col de sa protégée une main audacieuse qui palpa les os des clavicules et les rondeurs naissantes de la gorge impubère.

— Si tu veux, soupirait-il, si tu veux, Clarisse, moi, je te ferai cocotte...

Mais, survint le concierge, et son balai vertueux...

II

Basse sur des roues massives, avec sa longue proue vernie en bleu, bordée de cuivre, flanquée de ses deux fanaux perspicaces, l'automobile de mon amie Clarisse ressemble au scarabée géant des légendes orientales. Quand nous nous encastrons dans son large dos où quatre places sont grossièrement aménagées, nous nous croyons volontiers les lobes cérébraux de ce monstre strident et mastoc. A nos caprices il obéit, comme les membres à la volonté maîtresse d'un corps sain. Le doigt de ma compagne touche un petit levier de nickel, son pied menu pèse à peine sur une pédale d'acier, et toute la masse vibre, secoue nos reins, s'arrête, s'ébranle, roule, se précipite, fonce dans le froid, frôlant les fiacres, contournant la dignité acariâtre des grosses dames, ménageant l'imprudence narquoise des gamins, déviant à droite, puis à gauche, se faufilant entre le fardier que chargent des cubes immenses de pierres, et la brouette à légumes que pousse la marchande des quatre-saisons.

Pour l'ahurissement de bien des yeux, nous nous ruons, cataclysme d'abord redouté, puis reconnu bénin et farceur. Comme ces enfants qui montrent leur frimousse après avoir fait sournoisement éclater un pétard sous les pas des promeneurs, ainsi nous suscitons le rire de ceux qui coururent éperdus au trottoir et qui mesurent combien inoffensif était le péril évité par leur vain effroi. A nos côtés fuient inversement les immeubles sévères, parois interminables des rues, et les magnificences étalées dans les boutiques. Du haut des impériales, les voyageurs emmitouflés de l'omnibus envient notre célérité rampante ; le garçon bleu du grand magasin échange avec le clerc d'huissier quelques réflexions scientifiques et philosophiques parmi ses crachats, tandis que l'automédon du véhicule populaire commente aussi notre allure et mentionne les accidents survenus sous les yeux mêmes de ses trois gros chevaux pommelés.

Clarisse goûte de la vanité qu'elle n'avoue point à cet exercice dont les passants convoitent la chance. Sous la fourrure, elle se rengorge, redresse un profil que masque l'épaisse voilette blanche, face de statue grave et comme anxieuse de diriger sans erreur le destin de notre char terrible. Elle vise à l'horizon un point précis et céleste, en se prêtant la mine d'être la seule âme capable d'apercevoir ce but mystique de notre course fabuleuse, et tout à l'heure, peut-être, firmamentale. Vraiment, Clarisse semble une manière de déesse qui cherche dans l'éther sa voie naturelle, pour y lancer notre gros scarabée bleu.

Mais nous nous contentons de gagner ainsi le Bois. Là, tout un troupeau de semblables monstres retentit et emporte des couples au bonheur velu de poil de bique. Les vapeurs de l'hiver blanchoient devant les silhouettes de la futaie que le soleil rouge embrase doucement, ainsi que les nuages indéfinis amassés autour de son disque. Au creux du val, sur la glace poudrée du lac, s'évertue un peuple de patineurs noirs. Penchés, ils se projettent et filent ensuite droits sur les lames de leurs pieds. Clarisse aime leurs grâces lestes, celles de leurs bras étendus : celui-ci qui vole à tire d'aile entre les gazons gris des rives ; celle-là qui, sous sa jupe collante, fléchit le genou pour donner de l'élan à la jeunesse ardente de son corps vierge ; les deux frères qui virent, un bras enlacé dans un bras, et se lâchent, divergent, puis se rencontrent, se reprennent la main, tracent la circonférence de leurs essors combinés. Clarisse modère l'allure du scarabée. A travers la dentelle de la voilette, je vois naître sur ses joues plates le désir de ces hommes. Ses narines fragiles se contractent et se dilatent tour à tour. Malgré la distance, les yeux verts s'efforcent d'influencer par un fluide télépathique les jeunes gens sanglés dans leurs jaquettes ou dans leurs courts paletots. En même temps, sa jambe se serre contre la mienne sous la peau d'ours ; l'orteil de son pied, à travers le cuir souple de la bottine, caresse mon orteil. Sa hanche s'incruste dans ma taille. En dépit des fourrures, la chaleur de son sein me pénètre voluptueusement la chair ; et, sur la roue de la direction, l'une des petites mains gantées se crispe, l'autre caresse le métal lisse. Il est un baiser sournois de toute sa sveltesse à ma corpulence.

— Tu me trompes, Clarisse ! ai-je murmuré. Tu te trompes et tu me trompes.

Elle feint de n'avoir pas entendu ; la machine a stoppé. Dans le vallon de joie que les arbres des pentes eux-mêmes semblent regarder, un patineur la séduit, inconscient de sa chance. Par toutes les vigueurs de sa volonté, mon amie guette l'instant où il revient vers le bord, dans le fond des talus ; elle espère, d'une œillade, promettre à ce joli passant les saveurs exquises de son amour. En attendant, elle braque son objectif de photographe. Quatre ou cinq fois le déclic sonne.

Ni mon âge, ni ma raison n'excuseraient la jalousie, à défaut de notre pacte qui me l'interdit. Certains jours, Clarisse me fait la grâce de ses complaisances ; mais il est convenu que cela ne signifie rien de plus qu'une bonne poignée de main très franche. Me voir content l'amuse. Plusieurs de mes raffinements lui plaisent. Ensuite, nous causons. Elle me montre ses photographies qui sont truculentes, car elle fixe sur la plaque des postures de ballerines, des grimaces de clowns, telles scènes joyeuses de fêtes publiques, des ripailles entre belles filles et clubmen. Beaucoup représentent ses collègues du théâtre, dans leurs costumes, leurs jeux de

scènes, et les affres de leurs grimaces. Merveilleusement, avec la collaboration du soleil, elle
a su perpétuer les nacres des poissons, les apparats des volailles, les lueurs des aiguières et les
tables opulemment dressées. Clarisse a fixé des
figures de contemporaines plantureuses et dé-
colletées. Elle y a joint des types de vieillards
en habit qu'enluminent la vertu des vins et la
puissance ressuscitée de la luxure. Son talent
d'observatrice excelle à surprendre le rire malin
qui révèle le consentement à l'étreinte, dans un
visage de femme vicieuse. Le langage pétillant
des yeux virils, la tremblerie du geste en prière,
le sourire cruel et faux du mâle ardent ne déçoivent pas les efforts de l'adroite opératrice.
Ainsi, elle documente son intelligence afin de
préparer les allures et les prestiges de ses rôles.

Comme je n'ai même pas sur elle les droits
que la générosité concède, il me faut attendre
patiemment qu'elle se lasse de contempler et de
photographier les jeux des patineurs, sous le
pont rustique. Aucun d'eux ne s'avise de remarquer l'amoureuse au bord de la route qui domine à bonne hauteur le vallon du lac.

Enfin, le scarabée souffle, tousse, grince et,
poussif, actif, repart dans les larges avenues
froides vers le petit soleil rouge nimbé par
l'ouate rose et grise des nuages que les arbres
gardent à l'infini dans leurs corbeilles de ramilles nues et déliées. Silencieusement, Clarisse
et moi, nous nous abandonnons à l'ivresse de la
course. Nos fourrures se blottissent l'une dans
l'autre. Souvent, nous croyons être l'étrange
créature d'une planète étrangère peuplée de
monstres trapus, véloces, stridents, bicéphales
qui retentissent par le crépuscule d'hiver. En
effet, de partout, poignent les mufles métal-
liques et bas des automobiles. Leurs gros yeux
d'acétylène commencent à darder des rayons
éclatants vers les cailloux des chemins, vers
les buissons dépenaillés. Le pont tremble sous
leur élan. Le fleuve chatoie dans l'obscur, avec
les ombres de ses grands peupliers. Les lumières des guinguettes accourent, et les sons
du piano, et les chants d'une noce avinée. Les
vitrines en lumières se ruent vers nous, galo-
pent à droite et à gauche. Voici l'accord plaqué
par la demoiselle entrevue dans l'entresol où
les valseurs tournent. Après la côte, c'est le ciel
nocturne bombé sur l'océan des terres noires et
brumeuses. Nous fendons le silence de l'air. Les
bosquets dansent à la cime des talus. Ébloui par
les fanaux, le vagabond se gare en criant des
injures, et le caillou lancé siffle à mon oreille,
tandis que le cabaret rougeoie, puis s'efface, à
gauche, tandis que la grosse meule surgit, puis
s'enfonce.

Longtemps, le scarabée vole à l'aveugle dans
les blancheurs confuses du brouillard, Clarisse
jouit de se croire hors la terre. Notre mécanique
bourdonne furieusement par la nuit de six

heures, tel un frelon qui cherche, impatient, le
calice aux sucs nourriciers. Alors, elle imagine
que nous sommes morts depuis des temps, et
que des parties minuscules, subtiles de nos individus humains, après s'être dégagées de la
corruption du cercueil, après avoir subi de
scientifiques métempsycoses, se réveillent dans
le cerveau d'un gros scarabée bourdonnant.

— Nous sommes, dit-elle, deux cellules de
substance supérieure reconstituées dans un
corps d'insecte, et qui se souviennent de grandeurs anéanties.

Elle éprouve une satisfaction à se rappeler
toute sa vie, depuis le temps où elle jouait avec
mes cousines dans le vieux jardin humide. Son
père l'avait envoyée en Artois chez leur parente
qui tenait là-bas un commerce, pour qu'elle fît
sa première communion dans une pieuse atmosphère de province. Ma grand'mère lisait le journal près de sa religieuse. J'étais déjà un jeune
homme que la petite voisine, timide, révérait.
Je la faisais courir à la poursuite du cerf-volant.
Plus tard, je devins pour elle le chasseur hardi
que de grands chiens précèdent et qui peut dis-
tribuer la mort à ce qui s'enfuit. Dans la boutique de l'armurier, son parrain, je contais des
exploits fictifs dont elle rêvait jusque pendant le
catéchisme.

— Tu n'as pas deviné, me dit Clarisse, tu n'as
pas deviné combien t'aimait la première com-
muniante que tu félicitas en accompagnant ta
mère, qui venait, dame patronnesse pour l'œuvre
des jeunes filles catholiques, m'apporter, en présent, un missel à couverture de moire blanche
et un chapelet de verre dépoli. Tu m'as saluée
bien gravement, et tu es resté découvert, au lieu
de toucher seulement ton chapeau d'un doigt,
selon l'usage, quand on entrait au magasin. Et
j'ai pensé que tu affectais cette politesse, non
par ironie de jeune homme qui raille une petite
fille, mais par amour à l'égard de moi, fière
d'être comme une mariée dans mes atours de
tulle roide et virginal. Sais-tu? Je me fiais à ma
taille, la plus élevée parmi celle de mes compagnes, pour te persuader de me séduire. Et,
sans doute as-tu désiré mon corps palpitant à
cette heure-là, comme tu l'assures... Pourquoi,
pourquoi n'as-tu pas fait le signe? Ah! que j'aurais pâli dans tes bras! J'aurais aspiré ta bouche
dans mes lèvres, j'aurais crispé ma passion
flambante autour de tes os. Le respect de l'enfance?... Ta pudeur de jeune homme loyal qui
n'eût pas abusé d'un vice naturel et naïf? Qu'importe tout cela.... Quel imbécile tu fus, mon
pauvre vieux... la belle nuit que nous avons
perdue là : une nuit qui t'aurait donné Messa-
line dans une tendre chair d'adolescente déjà
mamelue... Penses-tu! Les contes érotiques que
je lisais en cachette dans le grenier chez le bouquiniste Sorgon, des propos luxurieux que nous
tenions à l'école pendant les récréations, entre

petites amies farceuses, des caresses hardies que nous osions à l'écart, il n'en était point qui ne m'inspirât le délire de tout réaliser avec toi, toi, le jeune chasseur en costume de velours brun, toi, l'étudiant suivi d'un lévrier mélancolique par les rues tortueuses de la ville toute sonnante des cent cloches de ses églises, de son beffroi. Ah ! si cela n'avait pas manqué, comme tous les bonheurs, Dieu! Quels ongles amants j'aurais enfoncés dans ta chair! De quelles dents avides j'aurais mordu la poitrine en t'attirant contre moi, folle d'instincts, sur mon étroite couchette de fer. Oh! toute cette nuit où je t'ai, malheureuse, attendu, derrière la fenêtre de ma chambre. En bas, les invités et la famille sirotaient les liqueurs après le festin. Grand'maman chantait la *Romance du Saule* et celle du *Petit Savoyard*. On applaudissait frénétiquement. J'entendais les joueurs annoncer leurs cartes dans la boutique close sur le dehors. Ces bruits montaient en tourbillons par la cage de l'escalier. Moi, je collais au froid de la vitre mes seins maigres, pour que tu les visses dès le coin de la rue, si tu songeais à mon désir. Puisque je ne doutais pas que mes yeux ne t'eussent promis mon âme, comment me serai-je doutée que tu n'eusses pas compris leur langage, ou que, l'ayant compris, tu fusses capable de ne pas répondre à l'appel d'un cœur si brûlant? Je m'étais tant lavée dans la baignoire pour qu'aucune impureté ne me souillât! Je m'étais tant complimentée d'avoir eu cette scarlatine, qui retarda ma première communion jusqu'à l'âge de quatorze ans : ainsi, je m'offrais jeune fille, vraiment adorable, et, pour ainsi dire, succulente dans les voiles candides de la virginité... Ah! mes jambes fines et blanches que je regardais en soulevant mes jupons... Comme elles t'eussent serré!... Il me semblait que des bêtes rongeaient à l'intérieur mon ventre... Non, non, certes, avant de m'endormir, lasse d'amour inassouvi, sur le vieux fauteuil en loques, non, je n'ai pas songé que tu partirais pour Paris, six semaines plus tard, sans m'avoir même murmuré une parole galante; non, je n'ai pas songé un instant qu'afin de te retrouver un jour avec un esprit digne de toi, j'étudierais dix ans l'art dramatique. Je n'ai pas songé que je te rencontrerais vingt ans plus tard seulement, après bien des amours inutiles, que je te rencontrerais célèbre ici, ventru, la barbe en éventail et la raie trop large dans tes cheveux encore bruns. Mon pauvre ami!... Embrasse!... La belle nuit que nous avons perdue là... ah! la belle nuit!... Il a beau voler, mon scarabée bleu, il a beau voler dans cette brume et dans cette ombre, il ne la retrouvera pas la nuit perdue... la nuit perdue... notre nuit perdue, mon pauvre chien! Car tu n'es plus le chasseur en velours brun, tu sais! Et moi, moi... comment ressusciterais-je cette fièvre de mes quatorze ans vicieux que j'avais oubliée, dix-huit mois plus tard,

pour jouer bêtement à la pudeur devant je ne sais plus quel homme sarcastique, maigre et velu?...

Clarisse s'incline vers moi. Dans les bouclettes de ma barbe, une larme pesante a roulé, qui s'épanche, mouille et s'étale. Elle pleure une possibilité de frénésie qui fut brève et magnifique. Alors, mon âge m'attriste. Sans mot dire, nous revenons aux lignes de lueurs qui rayent l'espace imprécis de la ville. Des gemmes innombrables scintillent. D'autres se dévoilent. Cependant, le scarabée se précipite vers le fleuve, en bourdonnant, derrière les rayons d'acétylène que dardent ses gros yeux solaires sur les maisons rosées aux fenêtres par les lueurs des lampes.

III

— Fières d'avoir obtenu les premiers accessits du Conservatoire, nous avions accepté, Isabelle et moi, dit Clarisse, de partir avec la Gondalève, alors célèbre, pour une tournée lyrique et dramatique aux États-Unis. Je chantais ou récitais les rôles de troisième plan. Ma petite camarade jouait tantôt les ingénues de comédie, tantôt les cocottes de vaudeville. Et, vraiment, c'était une charmante fille à voir, menue à la façon des poupées, grasse, en outre, comme une caille. Endiablée, vicieuse et rieuse, elle fournissait aux Yankees, sur la Française, quelques autres idées fausses, mais généralement admises par les étrangers vulgaires. Dans je ne sais plus quelle pièce d'un auteur enrichi maintenant et oublié, mon Isabelle trouva le moyen d'enthousiasmer le public de l'Illinois. Avec les dents, elle coupait les fils d'une bouteille de champagne et savait comiquement s'éclabousser le visage de mousse, pendant la scène du souper, puis remplir les coupes de ses partenaires, d'un jet, en élevant très haut la fiole. La grâce statuaire de sa posture, à cette minute, avait ravi les viveurs de Springfield et de Vandalia. Ceux de Chicago lui accordèrent le même accueil. Dans l'Ohio et le Wisconsin, elle ne remporta pas de moindres succès. Exaspérée par ce triomphe nuisible à celui de sa voix, la Gondalève voulut obtenir de notre impresario qu'il renvoyât mon amie. Lui, refusa. La cantatrice lui mit le marché à la main : elle, ou bien Isabelle quitterait la troupe. Il la prit au mot. Elle pleura quarante-huit heures et sollicita de rester quand même. Ce qui fut convenu.

Isabelle, vous le pensez bien, se trouvait, là-bas, fort courtisée. Chaque nuit, elle recevait d'énormes bouquets et des invitations pour faire la fête. Brave fille, elle persuada toujours ses galants de me convier avec elle. Nous fûmes, plusieurs mois, les Danaés sans vertu de Jupiters nombreux. C'est alors que j'achetai mon taureau saphir: chaque provincial, là-bas, mettant son orgueil à payer plus cher que le prédécesseur, et à l'humilier ainsi par l'ostentation de sa richesse. D'ailleurs, ces Américains ne manquent ni de beauté, ni de vigueur au déduit. J'ai conservé des souvenirs très voluptueux de cette époque... Tenez, rien qu'à y penser, cela me dessèche les lèvres. Duval, versez-moi du kummel... mon cher!... On a besoin de se mettre quelque chose sur la langue, quand on cause de ça.

... Après les grandes villes civilisées, nous parcourûmes les cités de moindre apparence, et surtout celles qu'on improvise en quelques semaines autour des puits à pétrole, des mines neuves, des cascades capables d'actionner les turbines, et de fournir la force électrique, ces feux de quatre mille degrés qui liquéfient le fer dans les fours, et améliorent l'acier. Il naît là des fortunes incalculables, en huit jours, en un mois. Ces riches dépensent aussi facilement qu'ils gagnent. Notre venue apportait à ces laborieux sauvages les odeurs raffinées de nos arts que nous leur dispensions, sachets vivants et joyeux, dont ils pressaient le satin sur leurs cœurs naïfs. Ils aimaient que ma voix leur pût chanter les romances des opérettes anglaises. J'avais, pour les satisfaire, engagé une espèce d'institutrice minable. Elle m'expliquait le sens des refrains à débiter, la nuit, dans des salles de bois huilé, devant le saumon froid, le buffle rôti, et les venaisons entassées sur des plats d'étain, au milieu de la nappe de couleur qu'entouraient des gentlemen aux énormes mains calleuses et aux ongles en deuil sortant de leurs habits noirs. Isabelle leur jouait des tours qui nous amusaient. Ils lui pardonnaient tout quand, sur la table, elle gambadait vêtue seulement de ses bas mauves et de son chapeau d'iris noirs. Nous étions jeunes, en ce temps-là. Ces farces ne nous égayaient pas moins que les stupeurs et les rires de ces bons géants velus jusqu'aux yeux. Avec eux, nous jouions comme avec de gros terre-neuve inoffensifs.

Il advint que le railway nous emporta vers un pays en friche. Glissant sur des rails boulonnés le long de poutres massives, encore couvertes partiellement de leur écorce originelle, le train franchit des lacs que nous apercevions frémir autour des chevalets, supports des ponts à claire-voie et sans parapet. La locomotive enfuma des forêts vierges ligotées dans leurs lianes, peuplées d'oiseaux criards. Elle troubla les troupeaux de bisons qui galopaient par portières et donnaient de la corne, parfois, dans les roues des wagons, pour aller rouler au loin, sanglants et meuglants, sous les sabots de leurs vaches furieuses. Elle côtoya les sables d'un fleuve aux mille bras, que des échassiers innombrables habitaient, flegmatiques et perchés, chacun, sur une haute patte sèche. Enfin elle s'arrêta dans une gare faite d'érables étêtés, réunis par des branches et de la glaise humide, bariolée pourtant d'affi-

ches gigantesques violemment rouges, bleues ou vertes. Des voitures à deux roues nous enlevèrent, côtoyèrent les trottoirs de planches calés dans la boue. Les fils du télégraphe et du téléphone étaient fixés par des isolateurs de porcelaine aux arbres mêmes, dont les feuillages nous aspergeaient de pluie récente. Les maisons de tôle ondulée, à toits de paille, resplendissaient par la peinture écarlate et fraîche de leurs persiennes, de leurs portes. Aux fenêtres s'envolaient déjà les rengaines de maints pianos. En chemise de flanelle et bottes à l'écuyère, le veston à la hussarde sur l'épaule, le feutre sur la nuque, les passants nous dévisageaient, et les feux des joyaux étincelaient sur leurs doigts gourds. Les nègres ciraient les chaussures au seuil des Palace-hôtels. D'autres dansaient la gigue en habits d'arlequin pour des foules de cowboys, hâlés par les vents de la prairie, et dont les savates étaient munies d'éperons. A l'abri de hangars, tournaient les volants des machines, haletaient les générateurs, couraient les cuirs de transmissions, grelottaient les timbres électriques. La puanteur du pétrole coulait dans les ruisseaux et dans la fange. A l'ombre de tentes, des messieurs buvaient des sodas... J'ignorais que là m'attendait du bonheur.

Je vois encore le théâtre où nous chantâmes le soir de notre arrivée. Des affiches de toutes sortes collées sens dessus dessous, tapissaient la salle. Mais de la peluche bleue somptueuse était clouée, en manière de draperies, à l'intérieur et sur les balcons des loges. Le lustre de bois rouge suspendait deux cents lampes électriques au-dessus des chevelures pommadées, des crânes lisses, des gentlemen rigides. Leurs fracs brillaient sur des plastrons de flanelle; mais les cous étaient correctement serrés dans des carcans de celluloïd : les blanchisseuses expertes manquant dans la cité neuve. Entre les bancs emmaillotés de velours émeraude, quelques policemen circulaient le casque en tête, et le revolver à la hanche. Quant aux femmes, laides et mâles, elles se pavanaient, éventaient leurs teints de brique, leurs épaules moricaudes constellées par les brillants de pacotille cousus au bord des corsages. On entendait dehors hennir et ruer une horde de chevaux qu'injuriaient les voix gutturales des nègres. Il nous fallut crier les notes pour dominer ce vacarme et le bruit des pétards qu'on tirait dans une chapelle méthodiste voisine, en l'honneur d'un mariage.

Cependant, comme je m'affaissais, aphone, excédée sur le fauteuil pliant de ma loge, après la représentation, mon institutrice entra. Pourvue de son sérieux habituel en ces circonstances, comme s'il s'agissait de proposer l'entrevue la plus grave entre personnes désireuses d'échanger des vues théologiques, elle m'expliqua le désir de deux honorables gentlemen. Ils nous priaient, Isabelle et moi, d'accepter l'hospitalité dans leur home, sis à quarante milles de la ville, et qui était une usine à fours électriques. Si nous acceptions d'y demeurer une semaine, ils offraient une somme considérable, dont le chèque était là dans la main froide et ridée de l'institutrice. Mais ils posaient cette condition : ils ne se présenteraient à nous que masqués. Nous ne chercherions pas à voir leurs visages. Isabelle survint. Cette histoire mélodramatique l'enchanta. Nous jugeâmes que nos soupirants étaient hideux, ou bien dévorés par des cancers. L'institutrice jura que non sur sa Bible de poche ; mais qu'elle ne divulguerait point la raison de ce caprice excentrique. Isabelle exigea que s'ils nous aimaient ainsi, masqués à la figure, ils eussent du moins le corps complètement nu, car, ne tenant pas à gagner leur mal, s'ils en avaient, elle prétendait au moins s'assurer de leur santé corporelle. L'institutrice alla, revint. Les messieurs observeraient la convention. Redoutant quelque horreur, nous hésitâmes encore. Mais le chèque était d'un beau chiffre. Nous l'envoyâmes toucher. Quand nous possédâmes l'or et les banknotes, force nous fut d'obtenir un congé de notre impresario, sous prétexte de surmenage ; il fallut partir.

Attelé à six chevaux, un cabriolet nous emmena par des plaines humides et mornes. Le cocher nègre ne savait rien de plus que ce que nous devinions. Ces deux industriels étaient frères. Depuis trois ans, ils avaient fondé une aciérie électrique, près les chutes d'un affluent du Fraser. Chargés sur des bateaux à vapeur, leurs produits descendaient le fleuve jusqu'à l'océan Pacifique, avant d'être vendus aux quais de San-Francisco. Nos amants nous précédaient en un cabriolet pareil, pour régler des affaires urgentes et préparer notre installation.

A vrai dire, nous arrivâmes, tremblantes de peur dans une superbe vallée forestière que parcourait un fleuve énorme et bruyant. Mais ni l'une ni l'autre ne voulions laisser paraître notre angoisse, avouer, la première, notre envie de fuir. On nous débarqua, de nuit, dans un pavillon construit à la mode russe, en troncs d'arbres superposés. A l'intérieur, des divans de fourrures garnissaient des pièces étroites et longues, que fermaient des portières de cuir odorant. Sur des tables rustiques, une vaisselle empruntée à plusieurs nécessaires de voyage s'étalait, contenant des viandes et des volailles froides, de beaux fruits. Dans la salle de toilette s'érigeait, en guise de baignoire, un rocher creux qu'on avait sûrement déraciné au moyen de la dynamite, avant de le traîner là. La profusion des ampoules électriques éclairait brillamment ce singulier logis. Muet, un domestique chinois prévint nos désirs.

Et nos galants nous rejoignirent. Heureusement c'étaient deux hommes dans la force de la jeunesse, autant que nous l'apprirent leurs ventres plats, et leurs carrures solides lorsque tom-

bèrent leurs manteaux. D'épaisses perruques en fils de soie beige dissimulaient leurs crânes, leurs joues, leurs fronts. Un masque de même nuance s'adaptait à leurs figures rasées. Leurs yeux clairs et leurs lèvres sensuelles nous saluèrent gaiement. Impeccables, les peaux très blanches de leurs corps nous prouvèrent l'excellence de leur santé. Ce qui nous rassura.

Quinze jours, ils nous aimèrent vigoureusement. Peu bavards, mais actifs, ils nous plurent assez, bien qu'il nous fallût imputer à un dédain évident leur soin de ne rien nous enseigner sur leurs existences, leur passé, leurs desseins. Je chantais. Isabelle gambadait et culbutait, faisait le voyou. Ensuite, nous exercions, de toutes manières, notre goût commun de la luxure ; et puis nous mangions voracement du gibier exquis. Nous recommencions.

Je crus simplement que nos hôtes étaient de ces originaux anglo-saxons, qui, fort imbéciles, s'estiment spirituels, pour avoir accompli des excentricités de ce genre. Sans doute, tenaient-ils un pari de quelque dix mille dollars. Nous les plaisantions là-dessus. Ils confirmèrent l'hypothèse de la gageure, afin d'avoir la paix. Cependant, comme je suis loquace, je parlai de mon art à celui des deux qui m'avait plutôt choisie. Il aimait la musique. Exaltant le génie de Chopin, nous nous comprîmes. De la demeure principale, le piano fut apporté dans le pavillon. Je fis ouïr à mon amant des subtilités mélodiques qu'il ne soupçonnait pas. Beethoven et Wagner nous convainquirent ensemble de leur mérite. Bref, nous devînmes assez vite des amis intellectuels. Je lui contai mes petites affaires, mon enfance, mes premières fautes, mes travaux d'étudiante comédienne, mes projets, mes vœux de gloire. Je le divertissais par mes propos, après l'avoir fatigué par ma science amoureuse.

L'heure vint de nous quitter. Il avait été convenu que nous partirions de grand matin, après une dernière nuit d'exploits voluptuaires. Au moment du départ mon amant pâlit beaucoup. Sa voix tremblait : « Clarisse, me dit-il, je ne vous laisserai point aller, sans vous ôter de l'esprit le mépris que vous devez avoir pour ce que vous appellerez plus tard une sotte plaisanterie. Sachez que ce masque a son utilité véritable. Voici. Pour désintéresser les créanciers de notre père qui souffre d'avoir fait banqueroute, et d'avoir voué notre sœur au désespoir de la misère, nous avons voulu, mon frère et moi, monter dans cette région sauvage, l'usine, et la rendre très vite propre à être vendue cher. Aussi nous avons décidé que, cinq ans, nous ne détournerions pas une minute notre attention de ce but. La vie de notre père, l'avenir de notre sœur et le nôtre, exigent ce sacrifice provisoire. Or, que devions-nous craindre surtout à nos âges ? L'amour qui détourne l'homme énergique de ses devoirs et de ses labeurs. Il ne fallait pas qu'une femme possédât l'un de nous, l'absorbât dans sa passion capricieuse, le harcelât de ses jalousies mesquines, le compromît peut-être dans ses drames, ou l'abrutît par de longs plaisirs. C'était bien le danger le plus réel. Beaucoup d'adolescents, par l'amour, désertent la vie noble et fructueuse. Or, nous avons, mon frère et moi, les plus beaux visages que l'on puisse voir. Déjà, l'un et l'autre nous dûmes fuir des maîtresses affolées par la convoitise de nous garder éternellement. Celle qui a connu nos figures ne peut les oublier. Des aventures tragiques ont terminé les jours de malheureuses qui, pour nous suivre, quittèrent, épouses, leurs maris, vierges, leurs familles, courtisanes, leurs amants. Nous nous sommes donc juré de n'assouvir notre jeune ardeur qu'avec des amies de rencontre, et la tête cachée, afin qu'elles ne se pussent éprendre. Daignez donc, ma chère Clarisse, ne pas emporter le souvenir d'un fat ou d'un plaisant, mais celui d'un homme qui vous chérit excessivement, et qui, pour vous le prouver, risque, en se démasquant, de se lier à vous selon le gré fatal de nos destins !

Stupéfaite d'une pareille fatuité, je m'attendais à découvrir quelque visage bien blanc, bien gras, bien vulgaire ; une beauté de chromo pour papier à sucre de pomme. Eh bien ! non. Imaginez-vous la face resplendissante du Phébus antique, sa chevelure de soleil, ses yeux d'éclairs, ses lèvres de pourpre crépusculaire, le galbe des dieux hellènes, une mine de force et d'intelligence surprenantes. Voilà ce que je considérai, quelques minutes, éblouie, pieuse, adorante... Ses lèvres se fondirent dans mes lèvres. Et nous nous sommes aimés onze semaines, là-bas, dans les Montagnes Rocheuses... C'est le souvenir délicieux de ma jeunesse. Quand j'y songe, ma joie pleure.

IV

..... Deux mois ! deux mois d'horreur, de crainte, de deuil et de misère, je les ai vécus en Annam, lorsque je suivis la troupe qui dans les grands ports d'Indo-Chine donna des représentations, avant d'amuser les négociants de Canton et de Hong-Kong, les Hollandais de Bornéo. Et me voici, tous espoirs ayant été perdus, me voici de nouveau parmi les visages européens. La politesse des hommes, la bonté des gens. Ah ! ceux qui réclament l'état de nature, la libre vie des sauvages, ceux qui nous attendrissent sur le sort de ce bétail sanguinaire, jaune ou noir, comme ils mentent !... Car le faune suit l'instinct ; l'instinct l'excuse. Mais le jaune est capable d'idée ; il raisonne, il écrit même ; il médite sur l'origine du monde ; il connaît, de nom, l'indulgence, la charité, le respect de la vie. Ces idées ne servent qu'à lui valoir un raffi-

nement de perversité étrangère à l'animal de meurtre...

En y réfléchissant, ma douleur préfère que ce pauvre Edmond, mon amant d'alors, ait été tué dans la surprise et l'effarement, le revolver en main, dès que la bande eut envahi le village de notre étape.

Quels ignobles supplices lui eussent infligés ces hommes petits, huileux, glissants, à la face de vipères... Mieux vaut qu'il soit tombé à la renverse, immédiatement comme il sortait de la paillotte, pour défendre les costumes et les accessoires, les liasses de rôles, le trésor de nos intelligences !...

Vous savez d'ailleurs tout cela... Pour moi, mal éveillée dans l'ombre, je fus saisie par des êtres puants, griffants et soyeux..., de la salive me jaillit au visage. Une main acérée me bâillonna, puis une étoffe étrangla mes sanglots, voila mes yeux, noua ma chevelure à demi arrachée. Des bras me lièrent dans la couverture ; on me roula comme un ballot qu'on ficelle... J'entendais des cris d'assassinés, des coups de feu, des injures malaises..., des jurons français et anglais ; ceux de notre régisseur, le malheureux Jeantet, ceux de nos guides... Puis, je fus emportée, jetée dans une sorte de palanquin, car aussitôt le balancement de ce véhicule me secoua ; les pas des coureurs frappaient sourdement les herbes. Des branches se cassaient au passage de la horde. Les armes tintaient...

Je souffris tant de mes cheveux noués au bâillon que je pleurai sans cesse, incapable d'autre peine... J'étouffais, en outre... Je m'évanouis, enfin ; et ce fut du repos, la paix... Plusieurs fois, je revins à moi pour suffoquer, sangloter, crier rauque, mordre le bâillon, m'évanouir encore. Je réussis à déchirer l'étoffe avec mes dents ; et l'air entra dans mes poumons... Rompue de fatigue, de chagrin et d'angoisse, je dormis, après une longue stupeur...

... On me déficelait ; on retira le bâillon, je criais... Je vis trois petits êtres accroupis en camisoles mauves, en jupons sales, dans une vaste pièce sans meubles. Le plafond et les murs étaient de bambous assemblés par l'argile, le sol de pierres plates, prises à un torrent, et cimentées entre elles. Un nouvel être se présenta, et les trois premiers me laissant, se prosternèrent. Lui souriait de ses dents peintes en noir. Pareil à un diadème planté à rebours dans le gros chignon de crin, un peigne entourait la partie postérieure de sa tête. Il me regarda, puis, sans autre préambule, me tâta la gorge et tout le corps, ainsi que nos cuisinières, au marché, palpent la volaille. Mes cris ne l'inquiétaient pas. Sans me délier les mains, il découvrit ma poitrine. Ses baisers visqueux, ses gestes, ce qu'il me fit subir, révélèrent un mâle... A un signe, à un murmure, les trois autres renversèrent ma tête, écartèrent mes membres.

Je me résignai en rageant, et l'acte s'accomplit : tandis que, les yeux clos, je songeais, malgré moi : « Puisque c'est l'amour, ce ne sera point la mort. »

Quelle torture de l'esprit! Quelles interrogations muettes! Qu'était devenu Edmond? Lui avouerai-je ce viol... Sa fière jalousie en souffrirait tant!...

L'homme visqueux cessa de peser; il se releva, s'en alla... On me lâchait les membres... On chuchota. Les pieds nus claquèrent le sol... Des portes se refermèrent en geignant; des barres de clôture étaient rabattues... Mes yeux rouverts, j'étais seule...

Les liens se détachèrent facilement...

L'eau d'une jatte à l'intérieur nacré désaltéra ma soif avide. Je me lavai le visage dans une auge de bois; je m'enveloppai du peignoir lacéré; je me repris à pleurer et à craindre. Désormais, ce fut la vie qui se répéta.

Les trois servantes du premier instant s'occupaient de mes besoins. Elles apportaient la nourriture : du riz poivré, des poissons de rivière mal bouillis, des gâteaux durs, du lait aigre, des fruits excellents, une sorte d'alcool terrible dont je ne pus goûter la seconde gorgée, de l'eau de source. Un jupon de soie légère et brune, une camisole de soie rouge, sans manches, remplacèrent, par leurs soins, les lambeaux de mes châles. Des nattes furent déroulées sur la pierre et des rouleaux d'étoffes amoncelés en guise de coussins. Ils portaient encore une étiquette allemande. De l'anglais, elles ne savaient pas un mot. En apportant chaque chose, elles me désignaient d'un son guttural. Je gardai le silence, seule protestation possible contre tout. Soudain, elles chuchotaient entre elles, et, par un geste obscène désignant la place de leur sexe, elles m'indiquaient la venue du maître, ce petit homme aux dents peintes et au gros chignon de crin.

Entré, il se débarrassait de sa camisole noire, du jupon vert; et, accroupi devant moi, il s'épuçait dignement ou témoignait d'une digestion laborieuse. La première fois, je voulus me reculer, suffoquée par l'odeur; mais les servantes me bousculèrent, me frappèrent la tête de leurs mains sèches, et je dus me résoudre à la proximité immédiate de l'éternel sourieur. Bientôt il commençait des galanteries à la manière de singes, me tournait et me retournait, s'assouvissait, sortait en s'étirant, nu, maigre et brun.

Jamais il ne prononça de paroles. Pour lui, j'étais vraiment un objet sans vie, même pas l'animal que l'on flatte, que l'on excite, que l'on apaise. Ses caresses brusques indiquaient un désir impérieux et défini, auquel je n'avais qu'à me soumettre, aussitôt étendue, d'ailleurs, maintenue par les nervosités colériques et prestes des singulières servantes.

Comment dire l'épouvantable humiliation de ces heures?

En Europe, nous ignorons absolument que l'on puisse être traitée de la sorte. Il n'est pas d'infime rustre qui ne lise aux yeux du patron le sentiment fraternel d'une humanité consciente de soi et d'autrui. Le Malais n'avait rien de cela. Ses yeux de verre noir m'examinaient ainsi qu'une peinture ne représentant pas d'individu, ni même de paysage, mais plutôt une arabesque différente de toute vie organique. Ce regard était une insulte continue, sans violence, et qui souriait dans la lueur bilieuse des sclérotiques, entre les paupières fanées, à l'abri des longs cils durs. Quelqu'un à qui je décrivais ce regard, m'enseigna la théorie de Kant : « Le monde est notre représentation », interprétée à l'extrême, jusqu'à nier l'existence du monde extérieur, de l'objet. Peut-être, une civilisation très ancienne parmi celles qui disparurent avant l'histoire, et qui florirent au Thibet, dans l'Inde, à Ceylan, aima-t-elle la même philosophie, vulgarisée par les religions, empreinte dans les cerveaux des nobles races, en celui de ce chef réfugié avec sa tribu aux massifs montagneux de la presqu'île de Malacca, après des invasions ennemies. Certes, il n'admettait pas l'existence d'autrui, ni de la matière, ni du monde extérieur, ni de l'objet. Tout cela était la création de son idée, de son *entendement*, comme écrivit le penseur de Kœnigsberg. Je lui paraissais une illusion plaisante de ses concepts, et qui lui procurait des sensations de brève, d'intense volupté. En s'épuçant, en digérant, accroupi près de moi, les mains sur les palpitations de ma chair, il méditait. Quelle *Critique de la Raison Pure* imaginait-il alors? Quel chapitre ajoutait-il à l'œuvre d'Hegel, de Fichte, qu'aucun secrétaire jamais ne rédigera.

Et je compris, tout à coup, l'indifférence de la race jaune devant la mort. On a lu dans mille revues et journaux, comment le Chinois, l'Annamite ou le Malais, conduits au supplice, s'y rendent sans émoi, comment ils saluent leurs amis qui les guettent au seuil des maisons, comment ils causent, paisibles, avec le bourreau, ses aides, comment ils s'arrangent devant la fosse, pour que leur tête y tombe exactement, point troublés en leurs gestes par le souci de périr, et pliant avec soin leurs habits à côté du cercueil. On a lu comment le juge condamne là-bas aux pires supplices les malfaiteurs d'un délit assez mince, tellement la crainte de la mort suffit peu à les effrayer, à les écarter de la rébellion ou du larcin.

Il faut des tortures hideuses, atroces, pour enrayer le goût du crime. Nos officiers eux-mêmes doivent à leur devoir militaire de punir ainsi les assassins de nos soldats ou de nos colons. La menace de simple mort n'épouvanterait personne. C'est que, pourvus par de longs atavismes d'une philosophie très antique, et dont ils gardèrent l'obscure conscience, les hommes de ces races assistent aux événements du monde extérieur comme nous assistons à nos rêves, à ceux du sommeil et à ceux de la veille.

Leur habitude de penser depuis des siècles l'irréalité des apparences objectives, les détourne de croire à l'importance de l'acte, fût-il la tragédie même.

Aussi reçoivent-ils, donnent-ils la mort sans plus de trouble que celui dont nous sommes atteints pour imaginer la catastrophe dans notre fauteuil.

Ces réflexions, commencées aux premiers jours où, captive, il me fallut satisfaire l'instinct du maitre, m'amenèrent rapidement à redouter un supplice que j'avais cru d'abord improbable. Étant une simple évocation de son intelligence, je pouvais quelque jour le lasser. Par curiosité d'un tableau changeant, il ordonnerait l'abolition de l'image, ou s'amuserait de l'inertie cadavérique succédant au prestige de mes beautés vivantes.

Vous concevez mes transes. Durant ses visites, je redoutais à chaque minute le signe de ma fin. Bientôt, pour me délivrer plus vite de sa présence, j'en vins à précipiter le triomphe du mâle par les pratiques de nos voluptés européennes. Je commençai moi-même les manœuvres galantes, j'activai les préliminaires de l'étreinte, je mis toutes les parties de ma chair au service du plaisir naïf : mais, jamais, quel que fût le paroxysme des joies, je ne vis à ses pupilles de verre noir étinceler cela qui vous reconnait vie, pensée, cœur, intelligence, être pareil, digne de fraternité, de reconnaissance, même de pitié. Indéfiniment il me considérait à travers les cils durs comme un signe curieux et insensible de ses perceptions intérieures.

Un jour, il ne vint pas. Je ne le revis plus. Mes craintes s'accrurent. La chaleur tuait les insectes, qui tombaient par l'ouverture circulaire du plafond sur les pierres du sol, avec un bruit mat. L'eau s'évaporait dans les écailles de tortue, dans les coquilles nacrées, dans les auges de bois. Les servantes agitaient, l'une après l'autre, les grands éventails de feuilles suspendus aux angles de la salle, et que l'on tirait au moyen d'une cordelette. La sueur ruisselait le long des membres nus.

Dès la fraîcheur relative de l'aube, le lendemain d'un orage féerique, un autre homme entra. Il ressemblait au chef. Le diadème planté à rebours, dans le chignon de crin, parait de même sa tête abêtie par l'opium. La face étroite aux pommettes de reptile, les dents pointues, ses fins crachats de bétel, ses membres osseux, et son corps maigre, s'étalèrent sur mon corps,

ainsi que sur un matelas favorable. Il se satisfit de moi, la pensée absente. Je ne puis mieux comparer l'expression de son visage qu'à celle coutumière de nos fumeurs : ils s'occupent du cigare, en aspirent et soufflent la fumée, en secouent la cendre, le roulent entre leurs doigts, mais songent à des idées très différentes de ces gestes.

Le nouvel amant usait ainsi de moi. Il promenait ses lèvres autour de mes seins, il étreignait ma taille, il humait mes yeux, il caressait mes jambes, mais ne semblait pas se distraire d'une pensée grave, d'une haine qui fronçait parfois ses sourcils et lui serrait les mâchoires au point que les os maxillaires semblaient fendre la peau de ses joues. Quand il fut parti, l'une des servantes esquissa le geste d'abattre quelque chose sur le cou. Elle répéta plusieurs fois cette mimique. Je compris que l'homme était condamné à la décapitation, ou qu'elle eût souhaité sa décapitation. Mais le lendemain et les jours suivants rien d'anormal ne se passa. J'interprétai définitivement selon la deuxième probabilité, le geste de la servante.

Un matin, je me livrais au visiteur morose, et tâchais de conquérir sa sympathie par des exploits de bacchante, lorsque le chef des premiers jours entra. Un vieillard le suivait portant une sorte de planche dans une étoffe sombre. À leur vue le nouvel amant se leva, et, tout de suite, prononça une manière de grand discours. Les deux autres écoutèrent accroupis, les servantes prosternées. Quand le discours fut terminé, le maitre l'effaça d'un signe de son pouce dans l'air, silencieusement. Alors, le nouvel amant me désigna de la main, s'inclina, baisa la paume du chef, vint s'agenouiller près de moi, prit ma bouche dans sa bouche, tandis que, des servantes, l'une s'attachait à mes chevilles, les autres empoignaient, chacune, un de mes bras. En même temps, l'homme à la planche enveloppée d'étoffe la démaillotait; il brandit, soudain, un sabre d'exécution.

Avant que j'eusse poussé un cri, l'éclair de la lame s'était abattu, le sang chaud me jaillit à la face, me voila d'horreur, tandis que la tête de l'amant nouveau roulait par-dessus mon épaule, retentissait sourdement à terre... tandis que le bourreau s'enfuyait.

La rapidité, la simplicité du drame ne m'avaient point laissé le loisir de la terreur... Je demeurai stupide, les yeux fermés. Autour de moi, on marchait, on épongeait, on ramassait. J'avais vu le bourreau partir; donc, on ne me tuerait pas.

Presque tout le jour, je refusai d'ouvrir les paupières. Les insectes tués par la chaleur tombaient sur les pierres avec un bruit mat et monotone.

Au soir, quand je regardai, nulle trace du meurtre ne parut. Les servantes accroupies

agitaient les éventails. La vie continua, sans la
visite d'aucun amant jusqu'au jour où l'émissaire
de notre consul me vint prendre, grâce à mes
camarades. Je lui contai l'aventure. Il me dit
que la victime était le frère du chef. On l'avait
mis à mort pour éviter les compétitions de par-
tisans qui le voulaient élire. Dans son discours
suprême, le rival avait offert de quitter le pays,
de se rendre à Saïgon ou à Hong-Kong. Le
maître avait refusé par le signe du pouce qui
effaçait tout, et le frère s'était aussitôt résigné,
acceptant de mourir, une femme aux lèvres...

V

En tremblant sous la province espagnole de
Murcie, tandis que les monts des Antilles
soufflaient leurs gaz et leurs feux exterminateurs,
notre planète en fièvre prouva de nouveau
l'existence préhistorique de l'Atlantide, le continent légendaire qui réunissait à l'Amérique
l'Occident de l'Europe, et qui s'abîma pendant
le déluge de l'Océan, déplacé par une catastrophe également volcanique. Ce courant d'in-
candescence souterraine s'agite sous les eaux
que nos steamers sillonnent. De la Martinique
aux Colonnes d'Hercule, il bouillonne secrètement et, parfois, secoue le sol des villages, des
cités. Jusqu'en Hongrie son effort se faisait
sentir. Le Vésuve et l'Etna sont les deux bouches
ordinaires de son halètement. Notre Auvergne,
jadis, exhalait aussi cette haleine sulfureuse et
brûlante de l'enfer promis aux péchés des
hommes.

On devisait là-dessus, l'autre après-midi, près
de la table à thé, dans le salon de cinq heures,
chez Clarisse. Quelqu'un expliqua la théorie
des éruptions. Pour conclure il imagina que les
secousses augmenteraient peut-être, que tous
les cratères recommenceraient à vomir leurs
vapeurs, leurs granits bouillonnants, à Ténériffe
et en Murcie, en Sicile, à Naples, en Auvergne,
en Islande, dans toutes les îles du Pacifique où
fument des cônes de cendres fertilisées par le
temps. L'ébranlement du sous-sol marin y pro-
voquerait des fissures par lesquelles s'engouffre-
raient d'immenses chutes d'eaux, instantanément
vaporisées sur le brasier intérieur. Ces vapeurs,
se dilatant, repousseraient les effluves de la
combustion éternelle, qui chercheraient leur
issue, tels les gaz de la poudre enflammée dans
un canon de fusil. Les volcans sous-marins
éclateraient soulevant, de leurs convulsions, les
terres environnantes. Des flots elles surgiraient
enfin,—îlots, îles, puis continents monstrueux
couverts d'une flore aquatique et de léviathans
non viables à la lumière du soleil. Ces terres
nouvelles refouleraient les ondes infinies des
océans vers les côtes de nos patries. Un second
déluge, pareil à celui des religions, balayerait

alors toute notre civilisation d'Ayrens, de Sémites
et des Jaunes, anéantie par la vague démesurée.
Quelques rares individus échappés du fléau con-
teraient aux sauvages de l'Afrique survivante
les miracles de notre science perdue. Cela
constituerait bientôt une fable mystique dont
les propagateurs deviendraient les pontifes.
Sauvée des eaux, une autre famille de Moïses
dicterait à ses enfants le texte d'une nouvelle
Bible, écrite dans notre langue, qui resterait
longtemps incompréhensible pour l'ignorance
d'adorateurs ingénus. Nos locomotives seraient
imaginées comme des chimères aux ailes
rapides, et nos obusiers comme des dragons
crachant le feu, nos télégraphistes comme des
Jupiters foudroyants, nos aéronautes comme
des Icares, nos internationalistes comme les
constructeurs de Babel. Et tout l'œuvre humain
serait à reprendre depuis le commencement
des mœurs pastorales.

Ces propos fantastiques aboutirent aux hypo-
thèses sur la terreur effroyable de nos contem-
porains lors du cataclysme. On dépeignit la
fuite des riches s'emparant des express ou courant en automobiles aux sommets des Alpes;
puis la nuée des masses voulant s'évader aussi
des plaines, et se massacrant autour des locomotives dans les gares; puis la venue formidable
de l'Océan, le galop de ses vagues glauques
rattrapant les trains, montant aux essieux,
s'épanchant par les vasistas des portières, sur
les couples embrassés et secoués de leurs
sanglots; enfin s'apaisant, immense, étale, sur
les millions d'êtres noyés, caressant de ses
marées bénignes les contreforts de la Suisse, où
des foules périraient faute de nourriture,
d'espace et de suffisante pression atmosphérique.

Ensuite les femmes parlèrent de la mort, de
notre résignation constatée quand la fin semble
inéluctable. On se souvint de la Terreur, des
Girondins chantant sur la charrette. Une personne lettrée sut à point évoquer l'abbesse de
Jouarre. On se plut à dire que dans les prisons
de 1793 les condamnés, oubliant toutes les
convenances et tous les devoirs, s'aimaient
capricieusement et voluptueusement jusqu'à
l'heure de la guillotine. Un poète démodé plaça
deux vers sur l'antithèse de l'Amour et de la
Mort, la présence de l'une éperonnant l'énergie
de l'autre, et la nature exigeant pour ainsi dire
une tentative de compensation nécessaire.

Après le départ des visiteurs, je demeurai
seul avec la maîtresse du logis. Maintenant,
elle se pelotonnait. Ses cheveux découvrirent
un front où de multiples et fines rides semblèrent
les traces laissées par les crispations de l'amour
attentif à sa joie. Souvent elle abat d'un coup
brusque ses paupières bleuâtres contre les lueurs
trop ardentes de ses yeux pareils au bronze,
lumineux et mystérieux. Elle cesse de parler.
Elle aspire, goûte et savoure sa propre salive

encore imprégnée peut-être d'un baiser autrefois chéri. Ses épaules lasses se détendent; ses mains s'alanguissent. Elle balance, au gré du rêve, l'ovale de sa face jolie.

« Tout à l'heure, me disait-elle, nous eussions même pu supposer la destruction totale des organismes terrestres, et l'obligation pour notre monde de reprendre la tâche de l'évolution depuis l'origine de la cellule végétale. Cependant, les points volcaniques flambant par toute la surface dénonceraient une étoile inédite aux observatoires de planètes lointaines. Mais terminons ce paradoxe facile. La peur de l'anéantissement m'épuisa toujours. Je suis en cela bien latine. J'ai besoin de croire puissamment à l'immortalité de l'âme, à la perpétuité de mon être par-delà les cérémonies du tombeau. Tous ces gens que nous écoutions se résigneraient à la mort parce qu'ils ne surent pas aimer. Ce sont des septentrionaux. Leurs ancêtres ne participèrent en aucune sorte à la création des idées phéniciennes, grecques et romaines grâce auxquelles leurs sociétés florissent en utilisant les philosophies, les arts et les lois inventés par nos pères, les navigateurs de la Méditerranée.

« Tenez : j'appris à manier les joies de la passion lorsque j'arrivai, toute seule, à Beyrouth, avec une troupe d'opéra. Dans un marchand syrien qui vendait, au bazar, des étoffes souples, je voulus reconnaître l'égal des premiers Phéniciens dont les vaisseaux, lancés sur la mer de Chypre, abordèrent près de Knossos, précédèrent les vents jusqu'aux rives de la Sicile et fécondèrent nos aïeules séduites sur le bord de la fontaine par ces nautonniers aux barbes noires, aux boucles grasses, aux tuniques précieuses, aux tiares dorées. J'eus l'illusion de retrouver en lui le ravisseur audacieux. Un peu du sang de l'ancêtre parvenu dans mes veines brûla contre la chaleur de sa chair. Sa bouche s'adapta aux fleurs de ma gorge; mes flancs frissonnaient quand il découvrait ses formes brunes et graciles, musquées par l'usage des parfums.

« Si je chantais des airs italiens, mon amant écoutait, accroupi, tout étonné d'entendre. Ses yeux de gazelle cherchaient à concevoir, d'après ma mine, ce que je pensais de nous; il semblait ouïr des choses entendues déjà d'une manière confuse, en des temps passés. « O mon père!... lui disais-je parfois! — O ma fille, répondait-il en riant!... » Et j'ai vécu toute une saison avec l'âme de mes aïeules pélasges à qui les Phéniciens enseignèrent leurs conceptions des forces, Molochs avides, résorbant les êtres nés de leur giron, pour les restituer ensuite, transformés, splendides et rédempteurs, à la lumière d'un autre siècle. Car la mort n'est qu'un changement.

« Dans Alexandrie, un ânier svelte, armé d'un bâton en crosse, fut pour moi le Pharaon des hypogées. Je retrouvai, sur les stèles, son profil à l'œil de lacs, son torse maigre, son crâne ras et ses mains longues. Couchée près de lui, chantonnant des refrains monotones, je m'imaginai telle qu'une sœur de Pythagore écoutant les leçons d'un prêtre de Memphis. Son corps vibrant, rude et tendu, dormait contre les râles de mon corps passionné. D'autres fois, je pensais à celle de mes aïeules qui, sous les purs frontons de l'Ionie, recevait les voyageurs égyptiens venus pour instruire les disciples helléniques aux jardins des pédagogues. Et la jeunesse des anciens maîtres pénétrait mon intelligence.

« Athènes me connut amoureuse d'un soldat aux cheveux bleus, qui me recherchait moins qu'une partie de dés, qu'un discours de saltimbanque, qu'un récit de matelot, et qu'une heure de somnolence devant l'Acropole étincelante. Pourtant je lui prodiguai mes complaisances. J'acceptai de l'émouvoir en dansant nue avec sa maitresse, une fille lourde et mamelue qui mangeait de l'ail. Dans leurs embrassements je me souvenais toujours d'être immortelle depuis le temps de Cadmus.

« J'obtins de Rome un vieillard trapu, musclé, noir, riche et aussi jaloux que l'orgueil de Sylla. Il habitait une villa construite selon le modèle antique. Un petit temple de Vesta, rond, avec des colonnes blanches, abritait les caresses qu'il me donnait, étendue le long d'un banc de marbre. Il se couronnait de roses et buvait dans une coupe d'argent. Deux boucs combattaient sur la pelouse devant nos yeux. Parfois, il me battait, ivre de rage, parce que les pâtres avaient jeté quelques roses sur notre chemin. Mais j'avais la certitude de souffrir sous l'autorité d'un patricien dont la race n'avait, depuis les Antonins, accepté nulle alliance étrangère. C'était un Romain, qui me rouait de coups, m'étourdissait de soufflets, qui résistait mal à l'évanouissement, par faiblesse sénile, à la suite de nos débauches auxquelles participaient des bêtes et des rustres. Rome n'a-t-elle pas fustigé le monde, pour l'éduquer par la vigueur de ses vieilles légions et les vices de ses proconsuls?

« Séville me donna l'un de ses fils, un docteur aux yeux mahométans qui, dans une demeure arabe, étudiait l'astronomie, l'algèbre, la médecine et les sciences occultes. Je fus son médium. Dans l'état d'hypnose je prêtais ma bouche à la reine de Saba, puis à Sémiramis, à Cléopâtre, à Trajan, au Cid, pour révéler le pouvoir des sciences oubliées. Ce fut afin de ne lui pas survivre, quand il serait exténué de travail, que je bus le poison au pied du lit funéraire. Ses amis m'ont reprise au destin.

« De Paris j'eus l'amour que me prodigua Léon. Il me peignit sur toutes ses toiles. J'y fus Salammbô sous la caresse lunaire de Tanit; Aspasie enseignant l'esthétique aux disciples de Socrate; Cornélie montrant aux Gracques la statue de la Loi ; sainte Thérèse recevant le baiser du Christ apparu dans sa cellule. Léon me fit goûter à toutes les vies de mon immortalité sûre. Il inscrivit dans le symbole de ma forme humaine tous les dogmes de l'idéal g éco-latin. Son art me conçut ainsi qu'un ostensoir de cet esprit né à l'ombre de Babel, enrichi sur les galères phéniciennes, cultivé dans les temples ioniens, orné dans les jardins d'Athènes, couronné par César, béatifié dans les couvents d'Espagne, et promulgué par l'éloquence de la pensée rançaise.

« Je dus être aimée... Je dus aimer... Je le sens : ni tout cela qui fut ma passion, ni moi-même, ne pouvons disparaître. Tant que vivra l'idée latine, mon âme vivra. J'ai conquis d'être immortelle parce que j'aime l'avenir de ma pensée autant que mon corps... »

VI

Au balcon, Clarisse me fit adorer les perspectives infinies de la ville. Bleuâtres et grises, elles émergeaient des verdures, avec leur dôme damasquiné d'or, les pinacles des églises veillant aux flots pressés des maisons, la coupole culminante et sévère du Panthéon sur son péristyle antique, les deux tours de Notre-Dame vêtues en dentelles de pierres, les toitures monumentales du Louvre, parmi les bosquets des Tuileries, les vitres éblouissantes de quelques façades lointaines où se reflétait le soleil de six heures. A notre gauche, par-dessus la cime d'un bois touffu, se cabraient les chevaux en or du pont Alexandre, Pégases de féerie qui, semblait-il, franchissaient les airs pour découvrir, aux clartés abstraites du firmament, les âmes de quelques nouveaux Persées, de quelques nouveaux Bellérophons. A droite, l'architecture hispano-mauresque du Trocadéro nous fit supposer que nous pouvions entrevoir tout le pays latin prolongé jusqu'à la province de Cadix où vivent les amours passionnées, dansantes, catholiques et sanguinaires. A nos pieds, les amants parisiens revenaient de la fête, au trot des fiacres innombrables où s'alanguissaient les toilettes claires de la Pentecôte, au gré des omnibus, des tramways glissant sur leurs rails et portant leurs cargaisons d'enfants joyeux, de mères lasses, d'hommes sanctifiés par leurs auréoles de paille et par le masque noble que la probité du travail imprime aux visages. Les rayons obliques doraient les leurs et les rubans agités sur les chapeaux des coquettes, les plis et les volants des robes, les roues des voitures, les croupes des chevaux musculeux, les rangs des édifices et les masses des frondaisons épanouies, les longs jets d'eau que projetaient, en poussière d'argent, les arroseurs.

Aux confins de la cité, plus loin que les entassements des quartiers successifs, les cheminées rouges des usines entouraient la ville d'une colonnade aux fumées légères et flottantes comme des chevelures, et qui montaient, qui se dissipaient dans l'air incolore, parmi les vols biseautés des hirondelles.

— J'ai voulu, je veux encore me rendre aussi belle que la ville, me dit Clarisse ; belle et pareille, ne serait-ce qu'une seconde... C'est ma folie, ma chère folie. Je suis née de ses splendeurs et d'une vieille famille installée sur les bords du fleuve, depuis les temps de la basoche et du Lendit. J'ai grandi dans sa poussière d'été, dans ses brises d'automne, dans ses brumes d'hiver, dans ses lumières du printemps. Je l'aime autant que ma chair, autant que mon âme... vous savez ; mon cher, je l'aime, elle... et voilà pourquoi je ne serai que votre maitresse, mais jamais votre amante ni celle d'aucun autre...

Elle sourit du désespoir que sa cruauté put ainsi me décerner ; puis elle examina soigneusement, à la surface de sa main, l'apparence d'une ride. Alors elle se mit à frotter, nerveuse et hâtive, son épiderme ; elle vérifia, de ses ongles, la rectitude de la raie divisant sa chevelure teinte et métallique. Je regardai cette jolie femme, lovée sur le divan de peluche couleur de terre et à bandes vertes. Réellement, avec sa coiffure surmontée d'une flèche en vermeil, avec les dômes de sa gorge, les pinacles de ses doigts parés, toute la mer changeante de sa robe grise et bleuâtre que contenait un boléro, une ceinture, un biais de velours vert pâle, elle ne différait point tant de cette œuvre des siècles étalée sous mes yeux, par delà les balustres. Breloques de sa trousse, deux minuscules Pégases en or s'envolaient de sa taille comme des verdures épanouies au cœur de la cité. Je finis par m'assurer que, discrètement, en moirures vagues, imprécises, mais après tout certaines, l'aspect de la ville était évidemment tissé dans l'étoffe de la robe. On y pouvait même, au moyen d'une attention scrupuleuse, discerner le dessin des édifices parmi les chatoiements de la soie. Mais toute cette image vaporeuse demeurait invisible pour les étourdis, les myopes et les distraits qui se contentaient d'apercevoir une jupe grise et bleuâtre, aux moirures confuses changeantes.

Durant ses longs séjours dans les diverses capitales, les Russes, les Anglais, les Américains et les Allemands des cours ont renforcé la dévotion de Clarisse pour Paris, en lui parlant des délices qu'ils y avaient en tout temps savourées, qu'ils souhaitaient y connaître encore. Et quand ils viennent ici, chambellans, diplomates, jeunes princes en escapade, Clarisse les invite à la contempler comme le symbole de la ville même, ce qu'elle peut donner, en une moindre étendue, de magnificences essentielles.

— Ne croyez pas, me disait-elle, que je sois une personne vaniteuse et fière de soi. Vais-je ou non communiquer au visiteur l'impression que e désire? Voilà mon inquiétude diurne et nocurne. Car il me faut être le corps et l'esprit de a ville. A l'aube, je saute de ma couche, quelle que soit mon envie de sommeil : je pourrais, en restant au lit, engraisser. Arrive la masseuse, une ancienne gymnaste qui levait des poids en maillot rose dans les arènes des cirques forains, et qui possède encore des muscles d'acier vigoueux. Je livre en gémissant à ses claques formidables mes hanches et ma croupe. Je hurle de douleur pendant qu'elle pétrit et creuse ma nuque de ses pouces colossaux, pendant qu'elle malaxe et réduit la chair de mes omoplates, pendant qu'elle pince mes hanches avec une main sûre de laide pauvresse, heureuse de venger ses déboires sur une femme jolie, riche, fînée. Elle m'étreint et elle m'enlace. Ses doigts de fer se vrillent dans ma peau. Ils écrasent, dans un pli de viande, les cellules adipeuses qui s'y sont formées. Elle enfonce le poing dans mes flancs, jusqu'à ce que ma douleur profère des cris de révolte. Elle empoigne la poche de mon stomac, l'écrase dans sa main, la tord, la roule, l'aplatit, l'enfonce entre mes côtes et les os du bassin. Elle refoule et elle bloque les organes. Elle étire et elle rassemble en boule. Puis la terrible mégère foit le sculpteur.

D'une main férocement artiste, elle façonne. Son visage de vieille diablesse poivre et sel, au nez hottentot, s'amuse à lire dans mes yeux les lignes de mon angoisse. « Eh! aïe donc, semble-t-elle dire, gueule, ma vieille; tu ne pâtiras donc jamais autant que je le désire! Tiens : encore! Apprécie-moi la science de ce pinçon, la fermeté de cette claque, la vigueur de cette emprise. Hurle, va. Tourne de l'œil. Grimace et tordis. Tu n'en as point assez. Je te tiens, sale bosse. Et tu me devras encore dix francs après la séance. Eh! aïe donc : dans les côtes. Et sens-toi la morsure de mes ongles sur ta cuisse. Est-ce à point? Regimbe, si tu l'oses. Tu ne l'essayes qu'à demi. Tu te tords comme un ver sur le brasier. A fleur d'épiderme, le sang rougit toute la charogne, salope! Encore une bonne tape ici. Encore un fameux pinçon là... Tu en es bleue, ma chère. Et tu n'oses pas me commander d'en finir, parce que tu préfères la torture à la laideur! Plus forte que tout ton orgueil, que toute la richesse, que toute ton intelligence, la peur d'engraisser te dompte et t'avilit sous ma colère vengeresse des misérables, des vieilles et des hideuses! »

Clarisse riait en me traduisant ainsi les sentiments de sa masseuse, et en s'excusant de les exprimer par des termes aussi crus. Je me permis quelque gaieté. Bientôt elle soupira.

— Ne pensez point que mon supplice se termine là. Quand ma tortionnaire est partie, mes

femmes de chambre me saisissent, me plongent dans la baignoire d'eau glacée. Le froid coupe les os, fige le sang, fait claquer les dents, tressaillir l'échine. On croit se transformer en glaçon, mourir. Mais cela est souverain contre les rides. Ensuite on me brosse au gant de crin imprégné d'alcool. Tout mon sang amené à la surface par le massage et la réaction du bain, semble frire. L'alcool pique et brûle chaque point de ma peau. On me frictionne avec des serviettes rudes. Puis on me parfume durant que je sanglote, épuisée, les chairs transies ou cuisantes...

Ensuite je fais mon visage. Si vous pouviez me voir alors, vous auriez une singulière idée de mes manies. Imaginez-vous qu'avec les os de mes deux index appliqués de toutes mes forces, contre mes pommettes, je ratisse très durement mes joues, de haut en bas. Je lamine ma face entre les rouleaux de mes doigts et mon crâne; cela jusqu'à ce que je parvienne sous le menton. Alors, je palpe les chairs de ma gorge, je les forme en plis, j'écrase vigoureusement les boulettes de graisse qui peuvent être nées sous le derme. Je palpe, je pince, je tire, je tripote, je tords mes bajoues comme font les enfants de ces têtes en caoutchouc qu'on leur achète pour le jeu de les déformer de manière horrible et grotesque. Avec les doigts, je façonne dans ma figure des pis de chèvre, et je les trais avec obstination. Une heure, deux heures, devant la glace, je trais les pis artificiels de ma figure, que vous estimiez tout à l'heure divine. Et, parce que ce foulage des chairs pourrait, à la longue, les rendre blettes ou flasques, je coupe un citron en deux, j'en presse les hémisphères, et, les yeux fermés, je frotte rudement mes deux joues, en poussant des cris d'horreur, tant me corrode l'acide.

Après, il me faut supporter le spectacle de ma face enduite complètement de graisse fondue, sur laquelle je secoue lentement la houppette. Lentement, jusqu'à ce que la vaseline soit saupoudrée sans intervalle. Seulement alors, mon être commence à prendre cet aspect de statue vivante que j'excelle à parfaire en colorant mes lèvres.

« La camériste m'a coiffée, durant ces travaux personnels. C'est une Gasconne atrabilaire. Elle m'injurie pendant toute la séance, me donne ses huit jours, menace de me planter là, en laissant un côté de ma chevelure sans ondulations. Il faut lui promettre un surcroît de gages, la supplier, pleurer même parfois, quand elle me tire les cheveux trop méchamment... Qu'est-ce que vous voulez : elle seule sait construire chaque jour l'édifice harmonieux de ma coiffure. En outre, elle m'effraye de son fer chaud dont elle me trouerait peut-être les oreilles, si je m'indignais. Et je suis faible. Je l'adore. Je lui dois l'originalité somptueuse de ma physio-

nomie, tout le triomphe de ma personne. Alors...
Mieux vaut ne pas se montrer ingrate, n'est-ce
pas? Il lui arrive de me gifler. Je hausse les
épaules et je m'enferme pour sangloter toute
seule, en étouffant mes rages dans l'oreiller, de
peur qu'elle entende et qu'elle s'en félicite trop.

Après ma purge, la seconde cameriste et moi,
nous empoignons solidement à quatre mains la
peau de mon ventre, et nous la refoulons jusque
sous les seins, pendant que la première adapte
et lace le corset. C'est une douleur indicible.
Tous les muscles sont comme arrachés de l'os-
sature. Les nerfs tremblent... Les côtes coupent
votre viande serrée contre elles. On étouffe et
on pantèle, l'âme absente, près de s'évanouir.
Et cela dure. On sangle étroitement. Le lacet
scie la chair de l'échine. L'armature de baleines
étrangle les intestins, écrase le foie et le reste.
L'année dernière, j'ai dû subir une opération. A
vrai dire, la chirurgie est devenue un tel art...
On va passer quinze jours dans un palais de l'a-
venue d'Iéna... Les docteurs vous racontent un
tas de potins amusants. Un beau matin, on vous
fait respirer le chloroforme. On s'endort, et
quand on se réveille, on vous montre quelques
déchets dans un bol. C'est tout. Pas une goutte
de sang. Et des points de suture comme chez le
meilleur couturier. Il n'en reste pas trace...

Il y a des femmes que ça effraye. Pensez
donc! les bistouris, les grands et les petits cou-
teaux, la double pince à écrasement, les instru-
ments de curetage, la curiosité du spéculum!...
Si on nous montrait tout ça dans une baraque
de la foire, sous les noms des appareils de torture en usage du temps de l'Inquisition, certes,
ça nous ferait froid dans le dos. Mais à la cli-
nique, dans une belle salle claire « hygiénique-
ment nue », deux ou trois messieurs très parisiens, laissent tomber le monocle avant de
revêtir le tablier d'opérations, nous racontent
l'histoire toute fraîche de Mme de Blocanval,
laquelle pour se venger d'un gendre détesté,
cherche un amant à sa fille, et crie dans les
salons du Faubourg : « Eh bien! la trouvez-vous
« excitante, ma Valentine, dites-moi?... » Comment ne pas rire aussi devant les aciers fins,
bien étalés sous cloche et sur couche d'ouate
aseptique, devant la petite flamme bleue de la
lampe purificatrice... Hein! comment juger cela
tragique et s'épouvanter? Moi, mon cher, je me
ferais opérer tous les dimanches, si ça ne coû-
tait pas si cher!

Car, enfin, un chirurgien, avec nous, ça va
bien plus loin qu'un amant! Ça pénètre plus
intimement dans notre être...

Qu'est-ce que l'acte d'amour auprès de l'acte
opératoire? Peu de chose!

On ne se donne vraiment qu'au chirurgien...
Et le plaisir de la femme, c'est de se donner.
Pas vrai?... Voyez-vous, si j'étais capable d'avoir
un sentiment, moi, ce serait pour un de ces

hommes-là, qui savent vous dévêtir de votre
chair même, qui savent vous violer le plus profondément... Ça, c'est rare, c'est neuf... c'est
moderne... Voilà un excitment américain!...

En apportant le plateau de rafraîchisse-
ments, le domestique l'interrompit. Il faisait
chaud : je m'étonnai que Clarisse ne goûtât
point aux boissons exquises et glacées. Elle
s'interdit de boire, parce que l'on transpire
ensuite, ce qui est moins noble, et parce que
l'eau même engraisse. Ayant avoué que sa
langue était racornie par la soif, ma belle amie
s'abstint cependant. Nous parlâmes des livres
nouveaux qu'elle avait tous lus, des vaudevilles
nouveaux qu'elle avait tous applaudis, des
ministres en cause qu'elle avait rencontrés.

— Mais quand reposez-vous? m'écriai-je.

Clarisse haussa les épaules. D'un signe, elle
me fit prêter l'oreille aux bruits mystérieux et
infinis qui vivaient dans la ville sous le dôme
damasquiné d'or, derrière les deux Pégases
envolés par-dessus les verdures :

— Se repose-t-elle, la cité de perfection?

VII

Enrichie par les rois des industries et des
finances, pour qui son talent voluptuaire sut
organiser des orgies non pareilles dans un château de Montmorency, Clarisse se pique à présent d'être philosophe. Afin de méditer, elle
a fait construire en Bretagne une demeure froide
et basse, sur un roc dominant de soixante mè-
tres les plaines grises, glauques, infinies de
l'Océan. Longue bâtisse que des baies de verre
durement illuminent, reflétées sur les murs de
faïence unie, écarlate au salon, blanche dans la
salle à manger, mauve, violette, orangée dans
les chambres. Des rockings-chairs vernis, des
tables d'épais cristal à pieds de cuivre, quelques
divans de peluche assortie de la muraille, des
lits de fer peint, des rideaux de soie
légère, des portes en vitraux géométriques meu-
blent les vastes pièces luisantes, aux planchers
de caoutchouc. Mystérieuse, l'électricité chauffe,
cuit, éclaire, sonne, meut les ventilateurs et
les voitures. En bas du précipice, dans un atelier de roches chaotiques, les spasmes de la
mer actionnent les dynamos. C'est là que la
singulière femme nous réunit l'été quelques-uns.
Nous devisions devant le ciel infléchi sur la
courbe simple des eaux scintillantes. Les
mouettes planent et s'appellent, puis s'élancent
et chavirent au vent. L'air sale nos lèvres, et
nous essayons de parler avec sagesse. L'autre
matin Clarisse m'entreprit...

— Vous niez le sentiment, dit-elle, en nous
dont les esprits analysent, distinguent les éléments de l'amour, le divisent en admiration
esthétique, en appétit sexuel, en amitié réci-

oque. En effet, nous croyons nos âmes sagaces
point de diviser l'émoi pertinemment. Dans
plupart des cas nous raisonnons juste. Notre
issance intellectuelle discerne les éléments
l'affection sentimentale et les réduit à leurs
incipes. Mais il arrive aussi que nous tombions
ns l'erreur, en nous estimant capables d'y
issir toujours...

Clarisse attendait qu'on répliquât. Dans la
se d'une sphynge, son menton de marbre
sé sur les paumes de ses mains haut gantées
fauve, elle réfléchit. Le corps illustre de la
urtisane garde les formes d'une adolescence
oureuse et preste. Seuls les seins opulents
signent la femme, mais ils gonflent, sans fai-
esse, le tussor du corsage que ceint à la taille
e bande de cuir brut. Sa croupe d'herma-
rodite enflait la toile de la jupe pour raviver
tre mémoire de la sculpture ancienne. Deux
mbes en bas écrus s'entrelaçaient, pareilles à
lles des sirènes qu'on représente ainsi, les
eds seuls mués en queue de poisson. Je pense
'alors nous l'aimâmes tous intensément au
ng du silence qu'elle garda. Sa tiare de che-
ux sombres et onduleux dégageait l'odeur
arde d'un baume persan. Et, nous souvenant
une conversation antérieure, il nous semblait
e, par l'entremise de cette émanation, elle
ressait, comme elle nous l'avait appris, la
air de ses amis attentifs, jusqu'à les faire
ssaillir un peu dans les fauteuils qui se balan-
ient. De nous savoir frissonnants, elle sourit
ec malice.

Parmi nous se trouvait une amie de Clarisse,
i fut, assez longtemps, princesse entre les
urtisanes. Aujourd'hui la quarantaine a quel-
e peu dénaturé son éclatante fraîcheur. Un
asque de céruse remplace les vives couleurs
rées jadis célèbres. Ce masque nouveau, elle
vise plus à le faire paraître don de nature,
ais excellent artifice. Il l'a rendue plus étrange,
us belle même. Il lui fait une face marmo-
enne de statue où deux yeux d'émail vert
ettent, à l'ombre des cils roux, les désirs des
mmes, la vie naïve des adolescents.

« Il ne faut point, dit Rachel, parler d'amour
ns donner un peu de ce qu'il vaut. Dois-je vous
nter mon unique amour, mon unique haine,
on unique pitié, car, j'ignore lequel de ces trois
rmes signifierait lointainement ce que j'ai res-
nti pour le colonel de Kervilhouen. Je le ren-
ntrai, voilà vingt ans ou presque, en ce lieu
ême, alors désert, sauf aux époques des villé-
atures. Un banquier autrichien m'avait amenée
ns une villa de la côte. Au cours d'une excur-
on dans ces parages, un jeune couple attira
tre attention. L'époux me parut d'une beauté
ollonienne, l'épouse, laide, enceinte, et tagot-
e à l'exemple des petites dots provinciales.
apercevant, lui se détourna. Je fus vexée. Pro-
blement, et pour ne point faire souffrir sa

femme, il voulait qu'elle ne pût même le soupçonner de se plaire à voir une belle fille élégante.
Le mouvement fut si naturel et si vif que mon
compagnon le remarqua. Nous plaisantâmes à
ce propos. Bref, il me défia d'obtenir les faveurs
de ce mari, sans doute vertueux. Mon banquier
assura n'être jamais trompé par son art de phy-
sionomiste prompt à découvrir la vérité pratique
derrière les paroles et les mines de ses clients,
de ses associés, de ses partenaires en spéculation. Par le fait, rien ne décida le passant :
œillades, sourires, promenades répétées devant
l'humble auberge où gîtait le ménage, billets
discrètement remis : tout fut inutile. Le couple
se déplaça. Nous le suivîmes de plage en plage ;
moi piquée de jeu, mon banquier triomphant. Je
m'acharnai, moins par appétit de volupté que
par rage d'être contrainte à reconnaître la supériorité mentale de mon entreteneur trop insolent
de coutume pour celle dont il louait mille francs,
le mois, le corps, les grâces et les ris. Il me fallut
avouer ma défaite lorsque j'eus reçu du lieutenant
de Kervilhouen un mot correct me priant de ces-
ser mes agaceries : « J'ai donné ma parole d'honneur. Jamais un Kervilhouen n'a menti à sa parole... Je pourrais haïr ma femme, la détester
pour les meilleures raisons, je lui demeurerais
cependant fidèle, non pour elle, mais pour moi,
pour ma propreté personnelle... » Voilà ce qu'il
m'écrivait à l'exemple des héros de mélodrame.

« Mon banquier gagna son pari. Je dus l'aimer
gratis pendant deux mois, au lieu de recevoir les
mille louis que j'attendais de ma victoire. Cela
me mit dans l'embarras. Mon mobilier de Paris
fut vendu par ministère d'huissier. En sorte que
la personne du lieutenant me hanta l'esprit,
m'obséda. J'en vins à vouloir absolument fléchir
cet orgueil de hobereau breton. Informée, je sus
que M. de Kervilhouen vivait modestement de sa
solde et des trois mille francs annuels que rap-
portait la métairie de sa femme dans le Finistère.
Disciple des prêtres, d'une mère veuve, dévote,
à demi-paysanne, il était lui-même assez borné.
Il avait eu toutes les peines du monde à passer
les examens de Saint-Cyr, pour être reçu dans
les derniers rangs où l'avait cependant fait admettre la protection d'un archevêque et d'un
contre-amiral, ses grands-oncles. Il croyait à
l'enfer et aux peines éternelles pour qui laisse
faiblir sa vertu. Aimer une courtisane, c'était
pour lui se déshonorer dans le rôle d'amant de
cœur, ou s'endetter avant le suicide, un jour
d'échéance. L'un de ses camarades me confia
ces détails, au lit. Je ne renonçai pas.

« Ayant séduit par hasard le secrétaire d'un
ministre, j'obtins difficilement que M. de Kervilhouen fût, contre son gré d'ailleurs, mis en
garnison à Paris. Il accepta parce qu'on lui
donna le grade et les appointements de capitaine.
Faveur qui me coûta de satisfaire à la lubricité
d'un fonctionnaire obèse, chauve, chassieux,

mais influent. Certain qu'une fois la chose obtenue, il ne me reverrait point, il traîna l'affaire en longueur. Tout un printemps, je dus recevoir, sans compensation pécuniaire, ce vieillard aux manies d'enfant. Par contre, logée non loin de l'École militaire, j'eus la médiocre satisfaction de regarder, le matin, passer à cheval M. de Kervilhouen, centaure magnifique, dans son uniforme usé. L'après-midi, vêtu d'un complet civil inélégant, il poussait lui-même la petite voiture où braillait sa fillette vers un banc de l'avenue Latour-Maubourg. La comtesse de Kervilhouen s'asseyait, dégrafait un corsage de calicot, et tirait une maigre mamelle livide hors d'un sale corset. Le noble rejeton se régalait de son mieux en aspirant ce lambeau de chair flasque, tandis que le père tournait, dans ses doigts patriciens, une cigarette de caporal.

« A ce spectacle, mon désir de cet homme s'atténua complètement. Je l'imaginais dans les bras de l'affreuse créature étique, sûrement acariâtre, en tout cas, occupée de ses torchons, de sa poêle à frire, du biberon et de la lessive, bien plus que de voluptés spécieuses. Sa femme me le gâta comme une difformité inhérente à ce beau corps de cavalier. Et puis j'étais, à ce moment, la maîtresse du prince de Fiume, un Dalmate admirable, musclé, fougueux, brun, rieur, musicien comme un tzigane, robuste et millionnaire à souhait, que l'usure des fournisseurs ruinait de façon méthodique, non sans me laisser de belles commissions sur les achats du seigneur plus fastueux qu'un juif. J'en avais tout mon saoûl. Assurément, le capitaine n'eût jamais valu sur le divan l'énergie de mon Dalmate. Mais j'ai dû ma fortune à la superstition de croire que ma volonté impérieuse devait être accrue par un exercice de tous les instants. Kervilhouen résistait trop pour ne point devenir l'obstacle qu'il importait de soumettre. Ce fut un but nécessaire pour ma superstition. Ce soldat serait mon amant, ou bien mon sort péricliterait. J'en acquis la foi stupide, obtuse, infrangible.

« Alors, naquit une sorte de haine en moi. Mon gaillard, me disais-je, tu penses être un noble de légende, l'honneur même ; eh bien, ton grade de capitaine, tu le dois aux complaisances d'une catin pour le fonctionnaire qui te fit porter sur le tableau d'avancement et, si je le veux, tu seras général, riche, oui, même riche. Et tout cela tu le recevras de la prostitution. Un jour je te le ferai savoir, quand tu seras au pinacle, de manière que la chute te paraisse plus funeste. Nous verrons alors...

« Ce fut dans cette intention que je fis persuader par un courtier mien, Gobelouche le raffineur, d'offrir trois cent mille francs à la comtesse pour installer, dans le bien dotal, la ferme modèle, gloire actuelle des concours agricoles. J'accordai deux heures d'amour à l'agent de

change Ephraïm, à la condition qu'il gérerait le petit avoir du comte. Une complaisance pareille de ma part solderait ensuite chaque accroissement notable du capital. Les Kervilhouen engagèrent une femme de chambre et une nourrice pour leur quatrième enfant. Ils déménagèrent et furent dans un appartement spacieux, où le propriétaire, qui m'aimait, les pria de venir loger à bas prix. Tour à tour, je reçus dans ma couche le ministre Crevalot et le ministre Dorichamps, l'un maigre et blème, l'autre presque nain, minuscule comme un garçonnet vieillot et barbu de filasse. Ainsi Kervilhouen devint chef de bataillon. En même temps, j'eus à subir plusieurs fois la lèvre humide et gluante d'Ephraïm qui, par une série d'opérations adroites sur les fonds russes et britanniques, avait porté à cinq cent mille francs la fortune de l'officier...

« Si j'évoque le temps de ces manigances, je ne parviens pas vraiment à discerner les raisons intimes qui me conseillèrent. Mon admiration pour la beauté du soldat se contentait parfaitement de le voir chevaucher dans l'avenue Latour-Maubourg que nous habitions tous deux. Mon appétit sexuel se rassasiait ailleurs. Je ne souhaitais guère l'amitié de cet homme, que je savais d'intelligence médiocre et de sentiments contraires aux miens. Cependant, je l'aimais et le haïssais... A chaque bonheur que je lui gagnais sur mon divan, attendrie, des larmes aux yeux, j'évoquais toutes les joies simples du ménage se félicitant sous l'abat-jour de porcelaine verte, parmi les criailleries des marmots et l'odeur du pot-au-feu. Je participais en esprit à leur liesse. Elle me faisait battre le cœur. Moi qui suis l'ennemie des lois et des morales, qui ne crois point au désintéressement, à la bonté, à l'honneur des hommes, j'avais le sens d'avoir commis la bonne action recommandée dans les livres à l'usage de la jeunesse écolière. Mais, aussi, il m'était délicieux de penser que je tenais dans mes mains le déshonneur du comte de Kervilhouen. Il me suffisait de convier cinq ou six de ses frères d'armes à lire mes documents pour le perdre à jamais dans leur esprit. J'avais eu la précaution de garder les messages intimes échangés entre les ministres, Ephraïm et moi. Donc, je détestais le comte, puisque le réduire au désespoir me semblait amusant, et que nulle envie de miséricorde ne troublait la préparation de mon drame. Enfin, l'ironie m'était chère d'entendre parfois ses camarades, ses supérieurs, vanter Kervilhouen comme le protagoniste de l'honneur, de la fidélité, de la dévotion et de la vertu, tandis que je possédais trois épîtres capables de démentir insolemment l'opinion.

« A vrai dire, ma folie superstitieuse s'arrangeait de cela. Les personnages influents que je connus dans l'intention de le servir, me demeurèrent favorables. Pour goûter à nouveau les délices de ma chair, ils m'obéissaient. Ils m'introduisaient dans un demi-monde d'actrices et de ballerines où fréquentaient les quelques millionnaires dont la reconnaissance me valut une fortune, ma réputation de vice incomparable et de beauté sans défaut. C'est par Dorichamps, ministre des affaires étrangères, que je gagnai de l'influence dans la diplomatie, et fus présentée à l'empereur François, lors de son voyage incognito. Pour toucher une femme aimée par le souverain, des Yankees sacrifièrent les chèques importants sur quoi mon premier million s'édifia. Kervilhouen fut ainsi presque directement le fauteur de ma renommée, de mon opulence. Et pourtant je ne l'ai point séduit. En dépit de l'éloquence que nos plus grands poètes utilisèrent dans les déclarations que je rédigeais d'après leurs brouillons, je reçus toujours mes papiers amoureux retournés le lendemain sous enveloppe, avec la carte de la comtesse...

« Voilà toute l'histoire. En somme, le plaisir de cette aventure tient peut-être en ceci que je l'oblige et lui nuis à la fois par de mêmes actes. Autant que je puis préjuger, si j'accomplissais mon dessein cruel, si je montrais les lettres qui le condamnent, Kervilhouen se suiciderait, incapable de comprendre, fou... Sa vie gît dans ma main... Ce me plaît... Je ne le tue pas. Ce m'enorgueillit. Il vient d'être promu colonel pour prix des amabilités que je concède à un ambassadeur. Mon fétiche me semble ainsi plus digne de mon destin. Ephraïm, qui ne se peut défaire de m'adorer, depuis que je le tentai pour enrichir Kervilhouen, Ephraïm a doublé cet hiver mon bien. Un mystère indicible, effrayant peut-être, lie le sort du fétiche au mien. Et j'ai l'appréhension de croire que si je le tuais, tout s'écroulerait de ma splendeur.

« Aussi je tremble. Les ministres, l'ambassadeur, Ephraïm, sont-ils discrets ? Ne colportent-ils pas le conte de mon caprice bizarre. Cela ne peut-il revenir aux oreilles du colonel et le déterminer à la mort ?... Cela se peut, n'est-ce pas ?... Alors, moi-même sombrerai dans les désastres. J'en suis certaine. Vous aussi, n'est-ce pas ?... Ce serait le choc en retour. »

Elle nous regardait l'un après l'autre, de ses yeux en émail vert voilés de roux... Personne n'osa contredire le présage.

VIII

Une petite femme accorte rit de son clair visage abrité dans les fanfreluches et les ruches d'une capeline blanche qui se noue sous le menton. Clarisse, c'est le contraste entre cette coiffure de baby bouclé et ce corps potelé, bien pourvu de saillies gonflant le corsage, la robe courte, selon la mode choisie pour les fillettes.

Au bord de l'Océan, elle se repose de ses labeurs lyriques et dramatiques. Elle jase, très camarade, jusqu'à ce qu'elle penche vers la bouche de son voisin un visage qui sent la lessive et la chair d'enfant propre. Sa voix narquoise domine la rumeur marine, le bruit de la longue cascade que forme, épanche et reforme le flot d'émeraude sur le sable lisse. Parfois, indécente un peu, notre amie croise, tel un tailleur, ses jambes en gaines de soie grise, et nous les admirons à la dérobée sous les dentelles des jupons. Bien que la trentaine approche pour elle, tout subsiste de son adolescence indéfiniment gamine, écolière, farceuse, grave aussi parfois. Il nous amuse qu'elle se vieillisse en souriant avec des fossettes dans ses joues pleines, qu'elle dise : « J'ai eu une liaison de quinze ans! » lorsque nous savons que cela signifie un béguin de dix-huit mois. Elle nous a tant de fois expliqué comment elle sait vivre, en un jour, autant que toute autre en une saison. Nous la connûmes jadis vicieuse et délicieuse au Conservatoire, puis dans la capitale de province où elle remporta ses premiers succès, où elle créa cette Ophélie singulière et miraculeuse qu'adora huit jours, à Saint-Sébastien, le baron Vogt, celui dont les spéculations sur le cuivre produisirent la guerre entre deux grands Etats de l'Amérique latine.

— J'ai conservé, dit-elle, quelques relations avec ce beau Juif qui ressemble aux rois d'Elam, ceux inscrits sur les briques émaillées du Louvre, ceux dont l'arc bandé fait grossir les muscles en relief, dont la flèche pénètre dans la lionne crispée dans sa rage, ceux dont la tiare coiffe un profil à bec de perroquet et à barbe parée de frisures en rangs. Quand je pense à lui, je repasse involontairement toute mon histoire ancienne, et je me récite les noms de vingt satrapies. Mes amis, j'ai donné de la joie à bien des hommes : je n'en ai jamais rencontré d'aussi solide et d'aussi terrible à subir... Vous pouvez m'en croire... Mazette ! Pour une petite créature comme moi, c'était beaucoup... Il ne m'a pas moins laissé quelques bons conseils... C'est lui qui m'apprit à refuser toujours l'offre de fleurs et de bonbons et à réclamer à la place des estampes, si l'on voulait me séduire. Au lieu de recevoir ces boulettes de chiffons qu'on nomme des roses et qui se putréfient tout de suite dans un vase, qui s'effeuillent, salissent tout de leurs pétales corrompus, j'obtiens que mes soupirants et que mes *aspirants* emploient leurs louis à m'acheter, dans les éventaires des bouquinistes, ces gravures, ces livres illustrés du XVIIIe siècle. Déjà, ma collection vaut que de vieux savants y viennent fouiller. Quand je me rase, je feuillette mes cartons. Je m'imagine les vies des personnages que Dürer, Callot, Rembrandt, Eisen et Moreau le Jeune ont immortalisés. L'argent ne fut pas là bêtement gâché pour des sucreries à indigestions et des odeurs à migraines. Ah! ce que j'appris de choses en regardant mes estampes, ce que j'ai pris là d'attitudes dramatiques, ce que j'ai découvert dans les détails des costumes! Grâce à Moreau le Jeune et à Eisen, j'ai remporté tous mes triomphes dans les pièces de Marivaux. Ah! si je n'avais eu que le souvenir des bouquets pour m'accroître l'intelligence! En me passant cette idée-là, Vogt m'a fait un cadeau plus sérieux que les cinq cents louis dont, à cette première rencontre, il récompensa ma mécanique érotique, et que j'ai mis à la Caisse d'épargne, où ils fructifient encore, s'il vous plaît!... Ah! si je n'avais eu que le souvenir des chocolats et des bouquets pour m'accroître l'intelligence, je serais encore une fameuse dinde!

Les fleurs me plaisent dans les parterres, dans les buissons, dans les jardins. Ce sont des taches un peu brutales et vulgaires qui nous engagent à mieux apprécier la magnifique, sobre et noble ordonnance des verdures. Un buisson de roses rouges éclate dans le fond d'un massif : à la bonne heure! Quelques plants de pensées violettes et jaunes, symétriquement trilobées, et qui semblent des symboles de méditations, voilà ce que j'aime à frôler de ma robe. Les lys droits et purs m'agréent s'ils jaillissent en ligne au pied d'un vieux mur qu'habillent la vigne et le lierre. Mais les fleurs arrachées, coupées, amputées, et dont l'agonie pourrit sur notre console, quelle vilaine image de massacre, de destruction et de désagrégation organique!... Ça me dégoûte! Surtout depuis...

Tenez : j'ai vu un type à Paris... Ah! un drôle de gaillard... Figurez-vous, un soir, je revenais de la Porte-Saint-Martin, après la représentation. Mon amant sérieux venait de me faire dire qu'il ne pouvait me rejoindre. Je ne sais plus sous quel prétexte, mon amant de cœur, un petit commis rigolo, m'avait vidé la bourse. Pas de quoi payer la course du fiacre... Il pleuvotait... Deux heures du matin. Les cafés fermés! Plus d'omnibus!... Et la peur d'être accostée par quelque sale individu... Il me fallut aller à pied jusqu'au café Riche, où j'étais sûre de rencontrer des amis. Je ramasse mes jupes et je presse le pas, sous mon riflard. Brusquement, l'averse la rue, inonde le trottoir du boulevard Bonne-Nouvelle, rejaillit dans mes bas... Bref, je m'arrête contre une porte close. Du moins, j'avais le dos à sec et mon parapluie servait à couvrir le devant de ma personne. Sur l'autre trottoir en face, et à l'entresol, un appartement laissait filtrer beaucoup de lumière entre les lames des persiennes. J'enviais les gens qui se prélassaient ou qui s'amusaient là. A cause du printemps, la nuit demeurait tiède. Quelqu'un ouvrit sans doute une fenêtre, car les lueurs y brillèrent plus intensément. On entre-bâilla même une persienne. Si ce monsieur pouvait

apercevoir mon minois, pensais-je, certainement il m'inviterait. Le déluge redoublait. Des stalagmites liquides surgissaient de l'asphalte ruisselante, à chaque goutte tombée du ciel, et puis s'affaissaient. Je tremblais de peur. La casquette enfoncée sur les oreilles et le col du veston relevé, un homme de mauvaise mine, déjà, pendant une seconde, avait hésité à me rejoindre dans mon encoignure. L'eau mouillait mes bas jusqu'aux jarretières. Ma robe neuve, une robe de quinze louis, se perdait... J'aurais, je crois, donné l'extase à un cocher de fiacre pour qu'il me ramenât chez mon amant sérieux, retenu, malgré sa promesse, dans une réunion d'ingénieurs, et empêché, comme m'avait prévenue, vers une heure, son billet, de me chercher au théâtre.

Or, de la maison gaiement lumineuse sortit une vieille femme qui déploya son parapluie. Elle me dévisagea, d'un trottoir à l'autre. Je prévis qu'elle bougonnait; elle pataugea sans grâce à travers la chaussée; et stupéfaite, je la vis se diriger vers moi. Probablement le célibataire de l'entresol, ayant compati par la fenêtre, me faisait quérir. Au signe que m'adressa la gouvernante, j'accourus : « Mademoiselle, me dit-« elle, mon maître qui demeure là, vous pré-« sente ses salutations, et vous prie de lui faire « la grâce de vous réfugier chez lui, jusqu'à la « fin de ce déluge... C'est un monsieur fort bien, « veuf et entre deux âges. Il vous parlera peut-« être de galanterie. Cela ne doit point vous « effrayer, n'est-ce pas? D'ailleurs, monsieur « est un homme qui sait son monde. Il ne vous « arrivera rien de plus que ce à quoi vous con-« sentirez... Venez donc... Vous pourriez pren-« dre mal! » Je n'en demandai pas davantage et soupirai de satisfaction lorsque la porte de l'immeuble se fût refermée sur nous.

Un feu de charbon rutilait dans le salon où la vieille m'introduisit. La croisée ouverte laissait l'air du dehors se mêler à la chaleur un peu lourde. Des tapis moelleux, des divans profonds, de petits guéridons de chêne et de faïence anglaise, quelques fauteuils confortables et bas, une bibliothèque considérable, cent tableaux de nudités diverses encadrés dans leurs épaisses torsades d'or meublaient cette salle, basse de plafond, qu'éclairaient deux lampes à gaz sur la cheminée. Un homme corpulent, affublé d'une manière de froc en velours brun, serré d'une cordelière d'argent, se présenta. Les politesses et les remerciements furent échangés. Il m'invita bientôt à me défaire de ma robe trempée, à me déchausser, à dépouiller mes bas, afin que mes hardes fussent séchées devant le fourneau de la cuisine... Je ne me leurrai guère sur les fins de cette invitation. Mais l'une de mes amies était morte poitrinaire récemment. Je redoutais trop une pareille catastrophe pour gagner une pleurésie en l'honneur de la vertu. Au reste, le quadragénaire avait une bonne mine joviale, des yeux spirituels. Son parfum était d'ambre et de lavande... Je ne jugeai point essentiel de faire la mijaurée.

Du champagne, des gâteaux secs, des fraises furent apportés par la gouvernante. Je mangeai donc en corset, les jambes nues, assise sur les genoux du bon monsieur hospitalier. Silencieux, il me tâtait.

Il agissait ainsi que s'il eût été depuis dix mois mon amant, et comme s'il n'ignorait rien de mes perversions secrètes. Je me souviens encore que, me mirant, je me comparais à une de ces servantes rabelaisiennes que les peintres de talent vulgaire aiment sur leurs toiles, accoler aux moines gras et farceurs de la Renaissance, dans un paysage d'été planteureux. Tout autour de nous, les Hébés, les Dianes, les Vénus et les Sources, les Aurores et les Nuits des tableaux faisaient saillir leurs poitrines impeccables et leurs hanches d'amphore, selon toutes les règles de la routine classique et de l'enseignement officiel.

Je passe... Je gaze... A mesure que le temps s'écoulait une singulière odeur de roses rouges émana d'une portière à deux pans qui semblait clore une sorte d'alcôve. Mais cette odeur de roses introduisait avec elle un relent d'humidité, un parfum de caveau, de salpêtre et de moisissure, mal définissable. Cependant tout cela fleurait impérieusement la rose, la rose rouge, la rose robuste, écarlate, épanouie, imbibée de la rosée matinale... Je ne m'en inquiétai pas autrement, toute à mes exercices de luxure que la virtuosité du bonhomme aidait le mieux.

Au plus fort de nos ébats, il m'étreignit, m'emporta. La portière se fendit, se divisa, et l'odeur de roses pourries combla mes narines, car je tombai sur un matelas humide et mou de pétales en tas monstrueux et putride.

— Dans les roses, dans les roses, et pour la résurrection des roses mortes, sois en croix sur les roses de la Rose-Croix, ma fille! marmottait mon vieil hôte.

Il m'y roulait, m'enfouissait sous les yeux de la vieille, qui tenait au poing une poule noire battant des ailes et caquetant, éperdue. Je criai. Je me débattis. Les mains du satyre domptaient ma rage d'être suffoquée, étouffée, puis tout à coup inondée d'une chose gluante et rouge, le sang de la poule que la vieille poignardait au-dessus de ma tête, au-dessus de mon corps, afin que l'ignoble liquide gouttât partout le long de ma nudité.

Mon angoisse devint horrible... Je fus près de perdre les sens. Le malheureux volatile hurla, claqua des ailes, m'aspergea de sa vie jusqu'au moment où il s'affaissa, chose flasque, entre les mains noueuses de la sorcière, qui répétait les signes de croix, se marquait de pourpre au front, aux épaules et au scapulaire pendu contre son ventre.

Je me demande encore chez quelle sorte de fou je m'étais ainsi fourvoyée. L'homme me releva, mouillée de sang, me dégagea des roses en putréfaction dans l'alcôve. Il s'excusait tout pâle, fort humble. Il me tendit un billet de vingt-cinq louis en me suppliant de ne pas ameuter les voisins, car, vous le pensez bien, je hurlais de terreur, je grelottais. Mes genoux et mes mâchoires s'entrechoquaient. Avec un linge trempé dans une cuvette d'eau tiède, la vieille lavait les pétales morts collés dans le sang de la volaille qui me souillait partout... Malgré sa peur de mes cris, le bonhomme semblait radieux... Il me tapotait les mains, il me baisait les joues comme on fait à une enfant chagrine; il me répétait doucement :

— Là, là, petite fille... Ce n'est rien. Un peu de mal est bientôt passé... Et il y a vingt-cinq louis pour vous dans cette petite menotte-là... Vingt-cinq louis... cinquante, si vous vous taisez tout de suite, petite misère... Eusébie! Eusébie... dites à Joseph d'aller chercher un fiacre pour reconduire mademoiselle...

... Le surlendemain, je reçus une lettre au théâtre. Elle m'avertissait en termes nets et brefs que j'allais être enceinte, qu'une maison de campagne était prête à me recevoir, durant les mois de ma grossesse, que j'y serais richement hébergée, et qu'après les relevailles je toucherais vingt-cinq mille francs, à condition de laisser l'enfant et de l'oublier pour toujours.

Eh bien! malgré tous les trucs et toutes les drogues, le polichinelle enfla dans le tiroir. Je passai les cinq derniers mois de ma position intéressante, dans la maison de campagne, un château fort agréable, muni de confort, de chevaux, de voitures, de domestiques. Le bonhomme n'arriva que la veille de mes couches. Avec le docteur, il cueillit l'enfant, l'enleva de la chambre. Mais le plus fort, c'est que le jour des roses pourries et de la poule poignardée, il m'avait prédit qu'un roi mourrait au moment où me naîtrait un fils. Et, de fait, le roi Jean-Sigismond fut assassiné dans l'heure même où je devenais mère... Hein? mes vieux? Qu'est-ce que vous en dites?...

Quant au gosse... Dame je n'en ai rien su. J'avais tellement besoin de vingt-cinq mille balles!... Vous comprenez?... Et puis, je n'ai jamais senti vibrer ma fibre maternelle!...

Et la figure fraîche riait dans les fanfreluches, les ruches de la capeline blanche, tandis que mugissait mollement la mer.

— Après tout, qui sait?... conclut-elle. Mon fils sera peut-être quelque jour assis sur un trône... Le bonhomme aux roses pourries me l'a tellement assuré... Vous comprenez bien que, depuis lors, il est bien reçu celui qui m'apporte un bouquet de roses?... Hein?

IX

Une lune exorbitante et rose se dégagea des landes, monta dans le ciel foncé, diminua, se couvrit d'or jaune pour se refléter, rousse, dans le sommeil frémissant de la mer. L'œil du phare cligna vers nous ses quatre œillades régulières, à la pointe de l'île voisine, et puis tourna pour recommencer bientôt. Une voile obscure gonflait au milieu de l'étendue brillante. Les bras nus de Clarisse s'agitaient entre les cristaux de la table dressée sur la terrasse que la tente et l'ombre du tamarin aux ramilles grêles défendaient contre l'humide. Elle nous parla des Anglais qui fêtaient la France. J'observai que leur réputation de morgue impolie était contredite par cet enthousiasme malgré nos manifestations favorables jadis aux Boers. Quelqu'un disserta :

— Les Anglais sont très polis, seulement ils n'aiment point se lier par rencontre, avant de savoir qui leur parle ; au contraire de nous qui sommes affables envers n'importe quel escroc un peu fanfaron. Il y a des gens qui s'introduisent dans nos milieux au hasard de vagues présentations. Après un an de poignées de main, d'intimités audacieuses, nous apprenons que ces braves gens trichent au jeu, vivent aux crocs du mari de leur maîtresse, ou, tuteurs, mangent la fortune de leurs pupilles, sans vergogne. L'Anglais entend éviter ces déceptions. Il a peur de s'avilir le caractère au contact de ceux que nous qualifions de « sceptiques indulgents pour eux-mêmes et pour les autres ». L'Anglais est « province », ainsi que nous disons à Paris, quand on nous cite un rigoriste, un homme qui méprise les canailles en situation, et les spadassins imposant par la suprématie de leur escrime le respect de leurs saloperies. Voyez dans nos gares, combien il faut contrôler pour que nos bourgeois les plus cossus ne s'autorisent pas à monter en première classe avec un billet de seconde ou de troisième. Dans le train de ceinture, que le conducteur vienne vérifier, dans le compartiment, les tickets. Sur quatre voyageurs, un, au moins, aura fraudé, réclamera « un supplément » à contre cœur.

Les Latins sont moins honnêtes que les Vikings. S'habituant à voler le fisc, les Compagnies, à profiter des mille inadvertances obligatoires, ils ont le goût du dol, et volontiers excusent les crapules qui ne font qu'exagérer cette tendance unanime. Le gentleman de Londres ou de Liverpool ne comprend pas à ces accommodements. Il répugne donc à s'acoquiner avec des inconnus. Voilà ce que lui reprochent nos bavards, enclins à supporter n'importe quelle camaraderie pour le plaisir de potiner, de satisfaire leurs curiosités absurdes et inlassables. Outre cela, l'Anglais possède une conscience très forte de son droit. Il s'installe au large parce que la législation lui confère l'aise. Il ne s'occupe pas du voisin parce qu'il l'ignore... Mais qu'il vous connaisse un peu, qu'il soit renseigné sur vous, après de sérieuses présentations, il n'y a pas d'homme au monde plus hospitalier, plus aimable, plus prévenant. Je reviens de Londres. Pour avoir été introduit dans un club de Piccadilly sur la recommandation d'un peintre de portraits, j'ai été successivement l'invité des membres les mieux estimés dans ce club. Commensal de leurs familles, j'ai été hébergé chez leur parentage, lequel m'a fait admettre par les cousins et amis de sa société. Si bien qu'après six semaines de séjour, je n'avais pas trouvé six heures de temps libre pour les affaires, entre les parties de tennis, de mail-coach, de canotage, les excursions, les déjeuners aux innombrables cottages et les dîners priés à West End et à Chelsea. Quel Anglais, en France, recevrait un tel accueil dans notre aristocratie fermée, sauf aux millionnaires sémites et Yankees, dans notre bourgeoisie avare et qui suppute en grognant ce que coûte la réception d'un vieil ami.

Non, l'Anglais n'est point désagréable, comme gentleman. Il est, comme peuple, accapareur, injuste et dur aux faibles. C'est son défaut de race positive, et capable d'avoir accompli l'œuvre la plus civilisatrice du xixe siècle. Il nie les choses du sentiment et s'en tient à la mathématique pour équité. Tel peuple ne vaut que tant, comme producteur. L'Anglais vaut tant de fois plus. L'intérêt économique général est que la moindre valeur soit effacée devant la valeur plus grande. Et si l'on ne raisonne pas ainsi, l'Anglais demeure stupide, cherche à comprendre, ne saisit pas les subtilités du cœur. Il part d'un énorme éclat de rire à la Falstaff. Ce qui nous paraît odieux lui semble logique tout bonnement. Il n'écrase pas avec méchanceté et avec rage, pour se venger, puis triompher panache en tête ; mais parce que la théorie du livre comptable exige de préférer l'addition à la soustraction. C'est clair et net. De fait, le résultat de cette philosophie se manifeste de manière assez utile. L'Amérique, l'Australie, la Nouvelle-Zélande, le Cap, l'Egypte, lui doivent de vivre avec richesse, et même avec une sorte d'indépendance. Il laisse végéter à sa guise le vaincu.

Clarisse tendit en avant sa frimousse et conta :

— Dans leurs ménages, ils agissent de même. Je me rappellerai toujours une scène qui se passa à Kingston, pendant que je jouais la comédie sur une des premières scènes de Londres. Sir Archibal Leep m'avait séduite par sa beauté hautaine et fine, sa peau mate, ses manières sobres, ses cheveux gris plantés drus sur un front très pur, et qu'une raie mathématique divisait, par toute l'impeccabilité de ses gestes, de ses vêtements, de son linge, de sa parole rare, discrètement moqueuse. Je lui fis savoir par un billet que l'une des Précieuses Ridicules l'aimerait avec plaisir quarante-huit heures. Une invitation à déjeuner, dans son cottage de Kingston, me répondit. A peine avais-je franchi le seuil de cette demeure vêtue de lierre et de roses, à peine avais-je ôté mon chapeau, baisé cette moustache de soie fauve qui pendait sur la lèvre de mon amant, à peine avais-je pris place à table, qu'une dame se présenta, blême, éplorée, en épouse trahie. Archibald fronça simplement les sourcils. Autant que je pus deviner le contenu de leurs phrases anglaises, il gronda :

« — Je croyais, Edith, qu'il était convenu...

« — Je ne peux pas, s'il vous plaît, Archibald; je ne peux pas, s'il vous plaît... Archibald !... prononça la malheureuse femme, étranglée par la douleur. .

« — Edith ! Vous êtes tout à fait incorrecte, ma chère !... Oserai-je dire !

« — Je sais, je sais, Archibald.., mais, s'il vous plaît, je ne peux pas... »

Elle restait là, debout entre la porte et un dressoir d'acajou encadrant des miroirs biseautés, portant toute une série d'objets en nickel limpide. Un veston d'homme, un col droit, une robe tailleur habillaient sa grande taille élégante et sèche... Sir Leep contenait sa colère parfaitement. Il me pria de l'excuser et de vouloir bien attendre un moment qu'il eût reconduit mistress Leep jusqu'à leur voiture. En moi-même, je pouffais; puis je plaignis la malheureuse épouse qui avait une mine de grand garçon doux et résigné et des yeux rougis par les larmes, au milieu de ses taches de rousseur.

Dans le petit parloir qu'une cloison fort mince séparait de la salle à manger, ils s'expliquèrent. La porte n'avait pas été refermée par mégarde ou par politesse. Sans doute pensaient-ils que je connaissais trop mal leur langue pour en saisir les significations un peu délicates, car ils parlaient à haute voix bientôt. Et voici quel fut le plaidoyer de sir Archibald Leep : « Ma chère, répétait-il sans cesse, vous aviez accepté, hier, la convention.., Vous l'aviez accepté... Une honnête Anglaise ne discute plus une parole donnée... Comment se peut-il, Edith, que vous en soyez venue à discuter encore une parole donnée?... C'est choquant, vous dirai-je ! C'est choquant tout à fait, Edith !... Voyons, vous admettez que je vous ai épousée sans fortune, sans une guinée même, et que je vous ai gagné, moi, dans les chemins de fer de Birmanie, au risque de ma vie, une fortune de cinquante mille livres... Vous admettez que je vous ai épousée, sans nom, septième fille d'un pasteur respectable, mais dénué du plus modeste confort... et que je vous ai créé une position sociale qui vous permet d'être reçue dans la société, par la gentry même, Edith,... et de frayer avec les femmes de baronnets, avec des ladies !... Edith,... Ce sont là, vous les mesurez, des avantages, des avantages vraiment extraordinaires pour votre

ancienne condition de jeune fille... Vous ne m'avez apporté que votre respectabilité et votre jeune cœur. Mais moi aussi, je vous ai apporté ma respectabilité avec ma force de gentleman. Là-dessus nous sommes quittes, ma chère. Mais vous n'êtes pas quitte envers moi, ni pour ce qui regarde la fortune, ni pour ce qui regarde la situation sociale. C'est un surplus que j'ajoute à mes premiers dons. Et ce surplus a-t-il une valeur ou non? Je dis qu'il a une valeur. Cette valeur, Edith, comment me la paierez-vous, s'il vous plaît, ma chère?... Je vous le demande : comment me la paierez-vous, cette valeur?... Hein?... Et vous convient-il de rester débitrice à mon égard?... Je ne suppose pas qu'il vous puisse convenir de rester débitrice à mon égard, dans une position inférieure et dépendante... Il ne sied pas à votre caractère, Edith, de demeurer dans une position inférieure vis-à-vis de votre mari, je suppose?... »

Peu à peu, continua Clarisse, cessant une seconde d'imiter à ravir l'accent britannique, peu à peu, la colère du sir Archibald se précisa. Je m'imaginai que l'écarlate devait envahir son visage hâlé sur les paquebots et dans les champs de la Birmanie. Tout en affectant de la retenue, de la logique démonstrative, la voix du mari se faisait impérieuse et maîtresse. Bien que les *dearling* ! interrompissent les phrases tous les quatre mots, il s'exprimait avec une énergie trop certaine. Mistress Leep répondait toujours la même phrase : « C'est véritable, mais, s'il vous plaît, Archibald, je ne peux pas ! je ne peux pas !... »

Si comique et navrante à la fois nous parut la réplique de l'épouse anglaise, savamment imitée par Clarisse, que nous l'applaudîmes longtemps à la lueur de la lune, d'argent vif maintenant. Notre amie nous salua, comme sur la scène, nous envoya les baisers de l'actrice à son bon public; elle reprit :

— Sir Archibald discutait avec une logique atroce et imperturbable. Cela tenait dans ce sophisme : « Une personne de votre caractère, Edith, une personne respectable, ne peut rester en état d'infériorité, en état de débitrice devant son mari. Il sied qu'elle paye la valeur du surcroît apporté par son compagnon dans la vie commune, et qu'elle le paye à son prix par un sacrifice... J'ai dit, ma chère, par un sacrifice... Et ce sacrifice, vous l'avez accepté... Vous avez accepté de tolérer que j'eusse des flirts à ma guise, des flirts avec des Françaises mêmes, des actrices françaises mêmes... Cela vous l'avez accepté, ma chère ! Et je dois dire que c'est un petit prix, celui dont vous payez aujourd'hui la fortune et la situation que j'ai jointes à votre respectabilité de septième fille d'un pasteur qui n'avait pas son confort... Non, il n'avait pas son confort, votre père, Edith, dans sa cure de Chesterfield !... Je le sais, moi... Et vos sœurs qui enseignent la Bible aux négrillons du Sierra-Leone, l'ont-elles, leur confort? Ont-elles la situation et la fortune dont je vous autorise à disposer dans la Cité de Londres, et en général, sur tout le territoire de la vieille Angleterre que Dieu sauve?... Répondez-moi, Edith? Me devez-vous ou non, une compensation... Et quelle autre pourriez-vous me donner, je vous prie? Celle-là seule est en votre pouvoir... Celle-là seule... »

A mesure qu'il répétait cette solide argumentation j'entendais faiblir les timides plaintes de mistress Leep. Elle se laissait évidemment pousser vers la porte. Je les vis traverser le minuscule jardin de géraniums. Lui se caressait les mains savamment; roide, sans rien abîmer de ses manchettes impeccables, de son haut col à cravate cramoisie, de son complet vert pâle, de son gilet aplati contre son ventre creux. Elle reniflait dans un mouchoir de linon. Son visage vieillissait de dix ans à chaque pas vers la porte. Ses beaux yeux bleus admiraient celui qui la domptait ainsi par la seule force de l'intelligence et de la logique, sans ajouter un geste incorrect ou simplement vif à sa mimique ordinaire. « Cela est véritable, Archibald, cela est véritable ; mais, s'il vous plait, je ne peux pas! » Je souffrais toute la douleur de cette pauvre femme. Elle adorait ce bel homme fort et net qui la matait. Une Française se fût indignée. Elle eût crié que le don de sa personne valait au centuple celui de tous les millions et de tous les privilèges aristocratiques. Elle eût menacé de fuir avec un amant, de rendre la pareille. Elle eût crié à l'infamie, à l'injustice, à la goujaterie. Cette épouse anglaise jugeait équitable l'acte du mari. Il seyait qu'elle payât. Il ne convenait point à sa dignité qu'elle fût la débitrice du ménage : « Cela est véritable, Archibald ; cela est véritable! » Elle ne contestait point l'essentiel du raisonnement, car il était foncièrement anglais.

Une minute, j'eus l'envie de partir et de laisser mon caprice aux bras émus de cette malheureuse. Mais j'eus peur de je ne sais quoi : de l'intempestif et du ridicule. Je demeurai devant la table à grignoter machinalement des pickles que je pêchais dans un flacon vert avec une fourchette à deux dents. Sir Leep referma lui-même la portière du coupé qui fila vers la banlieue de Londres...

Je suis restée en relations plusieurs semaines avec cet honorable gentleman. C'était un homme intelligent et poli. Sur les personnages illustres, il portait des jugements exacts qui jaugeaient leurs aptitudes sans mettre, comme nous, en vedette, leurs petits défauts pour dénigrer ainsi le principal de leurs œuvres. Mais il était Anglais jusqu'à me gronder lorsque, dans nos extases amoureuses, ma luxure s'occupait de mon plaisir plus que du sien. Comme il me gratifiait de bank-notes, c'était à lui de goûter les paroxysmes et à moi de les procurer sans en rien dérober pour ma satisfaction personnelle. J'entends encore sa voix calme, me crier, tout à coup, parce que je soupirais de trop grand cœur : « Clérice! Clérice!... Ma chère... Ce n'est pas vous qui payez. C'est moâ! »

Là-dessus, Clarisse se renversa pour rire à la lune qui dominait la mer de mercure étincelant.

<h2 style="text-align:center">X</h2>

Montueuses et glauques, les vagues enflaient, venaient, s'épanchaient en blanches cascades contre la proue du sloop sur lequel Clarisse nous emmena, l'autre jour, affronter un espoir de tempête. Nous eûmes aux moustaches le sel du vent. A nos vareuses se collèrent les embruns mousseux. L'eau sautait le bordage pour s'amuser des cris que poussaient nos compagnes engainées dans leurs longs paletots. Autour, la mer était comme un bouillonnement d'émeraude et de zinc savonneux sous le ciel proche, que traversait la fuite des nuages difformes. A l'horizon, pendait une brume rousse ensoleillée par instants. La brise penchait les voiles brunes et notre bateau qu'adroitement le patron relevait d'un coup de barre. Attentifs, les matelots lâchaient puis ramenaient la drisse du foc, selon les caprices éoliens. Nous escaladions les étages des flots ; nous glissions dans les vallées d'eaux mugissantes, et ce mouvement, semblait-il, attirait, dans les profondeurs, les fibres de nos entrailles.

Sous le béret blanc, Clarisse riait. Contre des formes adolescentes, les souffles appliquaient sa courte jupe de serge, son corsage. Elle leur opposait sa grâce. On eût dit d'une jeune nymphe aux seins mal voilés, au ventre plat et aux jambes chasseresses que sculptait ainsi l'art de l'espace.

Nous l'écoutions chanter plus haut que les rumeurs de la mer et les clameurs du vent. Puis la brume de l'horizon se hâta trop d'accourir. Elle se fonça. Elle s'épaissit. Elle fut un rideau noir tendu entre le ciel et les baves des lames; un rideau de tulle funéraire cachant l'agonie du jour et les convulsions de l'océan. Cela s'avançait sur nous, comme les rets d'un oiseleur divin. Bientôt il atteignit l'aile brune de notre esquif. Il frappa nos visages de mille pointes humides et pénétrantes. Le grain s'abattait. Des mouettes en fuite chavirèrent et se débattirent sous la pluie, dans la tourmente, avec les éclairs blancs de leurs pennes. Nos belles amies se précipitèrent dans la cabine. Nous les suivîmes, culbutés par le roulis, transpercés par l'averse, qui rebondissait sur les capuchons cirés des marins.

Là, nous nous effondrâmes sur les coussins dus à la prévoyance de Clarisse. Un air chaud flatta nos chairs glacées. Des vins de Portugal furent accueillis. Les accidents produits par le tangage qui nous jetait sur nos voisines nous valurent quelques gaietés enfantines et franches. Il advint que le baron Vogt, l'ami le plus généreux de notre chère camarade, fut ainsi roulé sur Wanda Lazareff. Étouffée par le poids du colossal truster, elle poussa des cris indignés, car elle souffrait auparavant du mal de mer. Nous la dégageâmes à grand'peine, mais avec empressement.

En effet, tous les déboires l'assaillent. Si Clarisse ne l'avait gentiment invitée à cette villégiature de Bretagne, la pauvre créature n'eût guère su comment subsister cet août. Chacun de nous s'efforce de lui faire oublier ses malechances à force de courtoisie. Mais le malheur l'a fort aigrie. Elle n'exagère point la reconnaissance. Son fâcheux caractère de dame susceptible, orgueilleuse, récriminante et geignante, dissuade chacun de l'aimer au delà d'un moment voluptueux, quelles que soient la plastique de son corps pâle, long et lascif, les promesses de sa grande bouche sanglante où fume toujours une cigarette de tabac jaune.

— Bon... a dit Clarisse... Tu t'es frottée à l'homme d'or, Wanda, par hasard ! Heureux présage, dont tu devrais te réjouir plutôt que d'agréer si mal les excuses de ce puissant de la terre, qui pèse quatre-vingt-trois kilos. Je l'affirme. Je fus assez souvent le plateau de la balance... Ne boude point, ma chère ! Quoi ! vas-tu te lamenter encore, et nous conter, par le menu, combien tu regrettes d'avoir quitté ton mari pour embrasser notre vie d'aventures !... Ecoute, ma petite Wanda, tu fus naïve aussi... Tu fus de ces épouses ingénues qui s'imaginent qu'à pénétrer sur le territoire des courtisanes, aussitôt on n'a qu'à recevoir les dons de la fortune, qu'à régir l'esclavage de beaux amants fous, et qu'à savourer les splendeurs du monde !... Là-bas, tu profitais d'une large aisance au foyer conjugal. Si ton mari, parfois, était impatient et volontaire, il te vouait ses travaux et son existence. Dans ta maison de Pologne, tu préparais tes chasses et tes réceptions, tu lisais des romans, tu écrivais de longues lettres aux couturières parisiennes, tu t'ennuyais, comme à cette heure, mais sans inquiétude. Et voilà qu'un beau jour, parce que tu entras sans frapper dans le fumoir de ton époux à la minute où il troussait ta femme de chambre, tu t'en es allée, furieuse, à Paris, pour te faire courtisane ! Avoue que ce fut ta plus sotte équipée, ma pauvre enfant !...

... Mais oui... mais oui. Notre profession, comme les autres, a ses veines et ses mécomptes. Pour belle que tu sois, et sans conteste, tu n'as point trouvé le Plutus amoureux de tes charmes jusqu'à les dorer perpétuellement. Es-tu la seule ? Mille et mille, et des plus jolies, entrent, chaque jour, dans le temple de l'amour vénal, sans mieux réussir... En vain tu invectives contre l'injustice du sort. Rappelle-toi cette nuit où, lasse de souffrir, tu t'offris, aux noctambules du boulevard, sans autre résultat que de séduire un vieillard trop ventru et un voyageur ivre dont tu ne voulus pas... Ceux qui dormirent auprès de toi, quelques jours, t'ont laissée ensuite. Peut-être leur as-tu demandé trop de politesses, ou trop d'argent. Consciente de ton élégance et de ton esprit, tu voulais qu'on les reconnût d'abord excellents, comme ils sont, par la valeur des premiers cadeaux et la galanterie de manières exquises. Tu ne consentis point à débuter avec des appétits modestes, puis à t'élever doucement, du louis au billet de cent, plus tard au billet de mille... Ah ! que j'en sais de pareilles à toi, ma chérie, et qui m'adressèrent des lettres pareilles à celle que tu me fis porter en arrivant au Grand-Hôtel. « Mademoiselle Clarisse. Une jeune femme, lasse de l'hypocrisie conjugale et du joug d'un mari menteur, veut s'affranchir. Admiratrice de votre inestimable talent et de votre bonheur, elle désire entendre tomber de votre bouche la première leçon de liberté. Peut-elle se présenter à vous ? »

Tu entras fière et compatissante même pour la peine que tu devais me faire en m'éclipsant près de mes compagnons... Oh ! j'ai deviné, va... ta pensée véritable ; et j'ai failli pleurer, ma pauvre enfant, sur ton illusion... Je me souviens. Pour signifier ta libération, tu avais mis un pied de rouge sur tes lèvres, et blanchi de poudre ta figure altière... Mon pauvre chat ! Tu croyais qu'ainsi tu n'étais plus bourgeoise, ni provinciale !... Pauvre chat ! Tu m'as crié : « Quant à ma peau, je suis sûre qu'il n'est pas une courtisane qui en ait une aussi fine et aussi velouteuse...

Ne te fâche point, va... Nous sommes, tu le sais, tes amis, tous là... Le guignon veut qu'ils adorent des femmes un peu jalouses dont ils ne se peuvent séparer pour te chérir, comme il faudrait... Patiente. Quoi ! cette chevelure de flammes, cet œil d'aiglonne, ces gestes majestueux ne susciteraient pas, un jour, la passion persistante de l'un de ces hommes qui, ayant passé leur jeunesse dans le travail et la lutte, cherchent, vers leur maturité, le repos au milieu d'un luxe que symbolise une belle femme malicieuse et parée...

Tu t'étonnes de cela, ma chère ! Moi, non. Tous devinent en toi celle qui dominerait. Ils souhaitent l'indulgence et la joie. Ta mine leur promet les exigences. L'un sent que tu le juges flétri. L'autre soupçonne que tu doutes de son esprit. Celui-ci craint que tu l'empêches de choyer ses vices secrets. Celui-là s'assure que tu ne te plierais point aux fantaisies de sa débauche. Claudinet, le constructeur d'usines à qui je t'ai vantée, pense que tu ne serais pas affable pour les gens d'affaires dont il a besoin. Vernelon, l'accapareur des pétroles, toute une semaine.

hésita. Il comprit que tu ne saurais pas choisir des robes assez éclatantes, des bijoux assez monstrueux, pour imposer au public vulgaire du turf l'indiscutable conviction de son triomphe financier. Tu as plu au duc de Louviers-Maleville, mais il a préféré Clara Dalcom, qui aime autant que lui les jockeys, les entraîneurs, les chevaux, le crottin et les paris. Salomon Lévy se fût attaché à ta fortune, si tu l'eusses moins taquiné sur sa manie du jeu. Tu as raillé intempestivement les déclamations socialistes du banquier Théodorat qui eût voulu, devant les électeurs du ministre des finances, te faire chanter la *Carmagnole*, avec un bonnet rouge sur ta tête... Tâche de me comprendre, Wanda, tu fais fausse route.

Tu veux demeurer toi-même ; tandis que la courtisane doit s'adapter aux tares de ses clients et locataires. Elle doit se faire le masque plaisant de leurs défauts.

Le restaurateur impose-t-il aux dîneurs ses menus ? Non pas : il devine leurs goûts avant de rédiger la carte. L'architecte n'arrange-t-il pas ses appartements d'après l'esthétique du locataire, en taisant ses préférences ? Nous sommes des fournisseuses d'agrément, comme le restaurateur ou le propriétaire d'immeubles. Si nous voulons vendre notre gentillesse et louer notre corps, il sied que nous les accommodions au goût des preneurs. Ah ! chérie, tu pensais que vivre en courtisane, c'était vivre indépendante, libre et franche ! Détrompe-toi ! Notre art consiste essentiellement à prévoir les caprices des galants, pour devenir les servantes de leurs hontes, de leurs vices et de leurs crimes... Mais oui, baron... Vous le savez bien, mon cher ! M'aimeriez-vous si je vous reprochais celles de vos spéculations qui mirent le Transvaal à feu et à sang, pour vendre aux Boers très cher des canons, des armes et des obus ; pour racheter à la baisse les actions du Rand et pouvoir ainsi mener la Bourse de Londres, en menaçant, à toute heure, ses financiers de jeter nombre de ces titres sur les marchés d'Europe, de les déprécier ainsi et de faire tomber toute la cote, celle des Consolidés eux-mêmes ? Maintenant, il tient une partie du capital anglais sous sa poigne!

... Wanda, ma chère... regarde-le rire, ce géant démasqué !... Il m'en veut... Ne niez pas, Vogt... Vous m'en voulez... Vous n'aimez que nous nous laissions voir perspicaces. Wanda... Wanda ! Tu t'imaginais que les riches recherchent notre franchise et notre sagacité, qu'ils nous adorent pour ce que nous leur conscience admire !... Erreur !... Erreur !... En marquant trop bien que ta psychologie les comprend avec exactitude, tu les écartes. Ils ne sont pas encore assez intelligents pour chérir la loyauté.

Et tu pensais, ma pauvre Wanda, les séduire par les lumières de ta franchise, et les allures de ton esprit libre... Et tu croyais que la cour-

tisane c'était la bouche de la vérité, le geste de la saine passion, la lueur de l'amour en triomphe... Que non, ma belle !... Il nous faut vivre en mentant, tout comme la vie... Mens donc, si tu veux manger et jouir, ma grande naïve !... N'est-ce pas, Messieurs, il n'y a de salut, de gloire, de fortune, que dans le mensonge et la bêtise ?...

Évidemment, Clarisse était dans un jour d'amertume. Sans doute, la malfaisance de l'averse qui gâtait notre excursion et la paresse de la tempête qui s'endormait au dehors, l'avaient de la sorte exaspérée. Nous la laissâmes gravir seule l'escabeau qui menait au pont où crépitait la pluie furieuse, où sautait la mer sale. Wanda Lazareff alluma, silencieuse et nerveuse, une trentième cigarette. Vogt proposa la diversion d'un poker. Manier les cartes nous permit de ne point discourir sur les sanglots de Clarisse qu'on entendait, là-haut, parmi les clameurs du vent, et les gifles du flot claquant les bordages.

XI

—L'autre dimanche, racontait notre Clarisse, je me trouvais pour une représentation en faveur de la Caisse nationale des Inscrits Maritimes, sur cette plage élégante aimée, mon cher Jacques, de votre dandysme. Otero et Liane de Pougy complétaient notre troupe de comédie, de tragédie et d'opéra. Elles n'étaient pas, vous le pensez, les moindres attractions du spectacle coupé où je devais, moi, jouer ma scène d'Ophélie, selon le texte de Shakespeare, ma rengaine notoire que le public réclame toujours. J'aime la beauté d'Otero, qui est plus magnifique par le corps et la tête que toutes les statues des musées. Liane me plaît par sa grâce, la finesse de son visage et l'innocence affectée de ses vices qui se satisfont avec négligence. Nous avions, toutes trois, lié partie pour nous rendre à la mer en automobile. La chaleur de l'air, le rire de la saison nous invitaient à franchir allègrement les campagnes, entre Paris et cette côte normande si prochaine depuis que les chars à pétrole nous transportent en leurs essors fabuleux.

Nous arrivâmes dans la cité d'hôtels, de villas et de casinos, en même temps que toute une foule dégorgée par les wagons d'un train de plaisir. Les mères sèches ou grasses appelèrent, éperdues, leurs poupons en auréoles de paille, lorsque pénétra dans la rue principale notre véhicule, laqué de blanc impollu, qui portait en triomphe les toilettes plutôt rares et luxueuses de nos trois illustres personnes. Liane et moi nous nous alanguissions aux places postérieures du monstre métallique. A côté du watman trônait Otero, splendide dans une robe collée à sa chair, à ses mouvements robustes et gais. Quel-

qu'un la reconnut. La gloire de son nom para
les bouches des hommes vêtus de jaquettes tri-
pées et de pantalons boursouflés. Le désir d'é-
treindre, de savourer ce corps olympien, alluma
tous les yeux myopes derrière les lorgnons des
bureaucrates, fit trembler toutes les lèvres sous
les moustaches des commis. Mordues par la
jalousie, ou bien figées dans l'admiration, les
filles et les femmes se haussaient à l'abri de
milliers d'ombrelles, rouges, blanches, vertes
et bleues qui pavoisaient ce peuple soudain ému
au passage de notre prestige. On se levait de
table, à la devanture des cafés. Des verres d'absinthe furent renversés et se brisèrent sur le
sol. Les musiques s'étranglèrent net dans les
orgues de barbarie. Les manchots cessèrent de
psalmodier leurs plaintes mendiantes, afin d'apprendre quelle était la cause de cette rumeur
nouvelle, à peine contrariée par quelques injures
vertueuses et quelques exclamations de dénigre-
ment fielleux.

Parmi les gens, d'ailleurs fort épars, qui nous
firent mauvaise mine et qui nous accueilli-
rent mal, nous, nos toilettes trop évidemment
luxueuses, nos trois beautés trop manifestes, je
remarquai une vieille dame en deuil. Sa figure
énergique se parait d'une chevelure grise et
abondante serrée autour des tempes. Un voile
noir flottait à l'arrière de son chapeau, et un
boa de crêpe entourait son cou flétri. Près d'elle,
un jeune garçon portait l'uniforme d'une école.
Haute et fière, encore signalée à l'attention par
un joli profil assez fin, elle me parut être d'une
de ces mères de la bourgeoisie parisienne qui,
veuves de bonne heure, trimèrent courageusement après la mort d'un mari épuisé par le travail, afin d'éduquer un fils, l'instruire de ses
devoirs civiques, lui enseigner les principes de
l'honneur, lui faire entrevoir les récompenses
de la probité, de l'intelligence accrue par un
effort continuel. Je me demandai ce qu'elle
pourrait bien répondre à ce fils s'il l'interro-
geait sur les motifs de notre bonheur. Danser,
réciter des vers, de la prose, chanter en mesure,
faire de soi-même une manière de statue odori-
férante et précieuse, que les riches peuvent
louer à l'heure, à la journée, au mois, à l'an,
pour la flairer, se vautrer et s'assouvir, que
les pauvres peuvent, au théâtre, considérer de
loin, désirer sans nous avoir jamais : voilà ce
qui nous vaut cette dévotion populaire promise
dans les livres au jeune homme, s'il parvient un
jour à séduire ses concitoyens par l'éloquence
ou l'héroïsme, après d'effroyables luttes pour
gagner le pain, le pauvre logis sûr, les appointements fixes, le brevet d'ingénieur, d'officier,
de savant, l'influence du vieillard considéré.
Les succès que peuvent obtenir seulement de
rares élus, passé toute une existence de sacri-
fices et de douleurs, notre jeunesse, d'abord,
l'accapare, parce que nous fûmes celles cotées

d'infamie à toutes les pages de la morale.

Probablement, la dame en deuil pensait ainsi,
regardant sourire notre insolence, déblatérant
à voix sourde contre nous, afin de détourner son
fils d'amours dangereuses et d'indulgences cor-
ruptrices. Comparait-elle les stations de son calvaire à notre destinée fleurie, en supputant le
prix de nos robes, de nos bagues et de notre
linge ? Regrettait-elle de n'avoir pas, jadis, vendu
sa jeunesse, habilement, aux hommes de plaisir,
plutôt que de s'offrir vierge, honnête et pauvre,
à un fonctionnaire modeste, dans un intérieur
simple, où les pleurs avaient trop gémi, où la
tristesse avait trop régné, où le dégoût avait
trop amoindri l'amour ? Pensait-elle que son
vice eût pu, s'il eût voulu, s'épanouir comme le
nôtre, traverser une ville aussi stupide d'admiration, après avoir quitté, dans Paris, un palais
agréable, des domestiques respectueux et dé-
voués, des amants attendris et généreux, des
parasites inventifs en louanges ? Ou bien s'énor-
gueillissait-elle d'avoir choisi la peine, la douleur, l'obscurité, le sacrifice pour contenter un
idéal de catéchisme ?

Préférait-elle avoir été la sûre confidente et
la consolatrice inlassable de l'époux choisi ?
Préférait-elle l'avoir conduit, avec sa main
douce et son sourire, à travers les ronces de la
misère qui déchirent, les épines du dédain qui
ensanglantent ? Regrettait-elle ou non sa pureté ?
En tout cas, ses yeux nous détestèrent. Elle
entraîna son fils. Notre triomphe contredisait la
sagesse de ses leçons. Notre triomphe niait les
allégations de la vertu. Notre triomphe ironique
volait la gloire promise à l'honneur des siens
épuisés, sans doute, avant la vieillesse, par les
chagrins de la gêne et les ennuis des besognes
fastidieuses. O la pauvre créature ! Comme elle
a douté terriblement de soi, pendant que la
police nous frayait passage à travers les honnêtes gens !

L'automobile s'arrêta devant l'Hôtel des Am-
bassadeurs. Vingt serviteurs obséquieux se précipitèrent, nous aidèrent à descendre. Nous
avions commandé, par télégramme, notre repas,
et nous avions voulu que le couvert fût dressé
devant la mer. Immense, une glace sans tain
nous séparait de la plage. A peine fûmes-nous
assises que toute la foule survint. D'abord discrète, elle circula, passant le long de l'hôtel.
Puis deux jeunes adolescents fanfarons s'ar-
tèrent, nous contemplèrent à l'aise. Les doigts
d'Otero, couverts de pierreries, et qui décorti-
quaient des crevettes, les hallucinèrent. Bientôt
leurs grimaces gouailleuses s'apaisèrent. Sérieusement, ils se plaisaient au spectacle de nos
charmes. Après quelque hésitation, une famille
interrompit sa marche, le papa corpulent, large,
une main sur sa chaîne de montre, l'autre sur
l'épaule de sa fillette ; la mère, qui relevait ses
jupes à la hanche et tiraillait le bras de son

gamin, désireux de courir aux bateaux en partance. Ils se parlèrent à voix basse, en estimant le saphir de mon annulaire gauche. Cinq demoiselles se poussèrent du coude, pouffèrent, se chamaillèrent un instant, puis se plantèrent là, pour examiner la coupe de nos corsages, et tenter plus tard, des corrections sur leurs blouses de soie confectionnées, l'une écossaise, l'autre écarlate, la troisième à pois noirs, la quatrième rayée de bleu, la cinquième jaune. Mystérieuses et timides, elles se communiquaient leurs impressions. Afin de les frôler, plusieurs gaillards se placèrent près d'elles. Ce groupe barra le trottoir de planches fixées dans le sable. Des vieillards en sueur ne purent le contourner, se reposèrent là, s'épongèrent, se montrèrent l'oiseau de paradis étalé sur le chapeau de Liane. Autour d'eux, les flâneurs s'aggloméraient. Bientôt, des centaines de têtes se pressèrent pour nous dévisager qui mangions, contentes de cet hommage unanime.

Liane me fit remarquer que les Grecs s'assemblaient ainsi, au temps classique, dans l'intention de considérer, sous le soleil, la beauté nue de Phryné, prête à baigner son corps dans l'onde amère et violette. Était-ce le même sentiment qui décidait ces braves gens à se rassasier de nos apparences ? Otero craignit qu'ils eussent uniquement l'idée curieuse de badauds épiant les saltimbanques autour de la roulotte. Nous étions des baladines dans une attitude particulière. Les regarder à l'aise, c'était accroître la durée du spectacle sans augmentation de prix. Le public ne sollicite-t-il pas d'assister au repas des singes et des lions, à l'intérieur des bâtiments, lorsque les fauves ont quitté la cage extérieure ?...

Quant à moi, je soutins que la plupart de ceux réunis devant la glace sans tain, le visage ébaubi et les yeux écarquillés, se posaient le problème social si lisible sur la physionomie douloureuse et grinchue de la vieille dame au boa de crêpe. Pourquoi leur avait-on répété que la galanterie est chose infâme et avilissante, quand nous étions là, jouissant, au total, de ce que la civilisation offre d'exquis, de parfait, d'excellent et de luxueux; quand nous étions là, respectées d'une multitude; quand nous étions là, suscitant la vénération de ceux mêmes qui négligent l'héroïsme des ouvriers et des soldats, les doctrines des savants, la vertu des ménages laborieux, les pensées des poètes, les œuvres des artistes, l'éloquence des apôtres. Nous, les courtisanes condamnées par les livres, maudites par les religions, bafouées par les lois, raillées par les philosophes, nous triomphions sur ce que cette foule pouvait contenir d'écrivains, de prêtres, de législateurs et de métaphysiciens. Et ce n'était pas le corps de Phryné qu'adorait, en ses émules, le goût des excursionnistes. La beauté sans pareille d'Otero, quand elle se leva,

ne les incita point aux frémissements ni aux murmures agitant les Hellènes dans le moment où l'hétaïre se dressait, parfaite, à la dure lumière du vaste espace. Cependant, comme d'habitude, notre amie était moins vêtue qu'enduite d'une étoffe souple et diaphane. La grâce unique de Liane ne parut point évoquer mieux leur sourire, lorsqu'elle quitta la table, onduleuse et fine, telle notre idée la plus irréelle de la fée Mélusine. Mon élégance impeccable, à ce que disent les princes des arts et des empires, la fossette de mon sourire, la santé de mes formes toujours juvéniles et puériles ne les convièrent point à se réjouir de l'harmonie composée par l'union de mes parures avec ma personne.

A ces trois apparitions, ils gardèrent les mêmes visages avides et mornes, ridés par le souci, grimaçant à la force du jour sublime. Certes, nous ne les intéressions point, comme Phryné provoquant l'extase d'une nation sensible à la magie des lignes pures et divines.

Au contraire, ils comptaient.

Ils comptaient le prix de nos joyaux et de nos apparats; ils se plaisaient à prévoir les dépenses de nos intendants et le coût de notre existence; ils n'admiraient pas notre beauté certaine, mais notre chance, et l'adresse que nous avions eue de la conquérir, malgré la réprobation de la morale, malgré les difficultés de l'entreprise. Leur piété, je vous l'assure, allait à notre entregent, et non pas à notre splendeur. Nos corps ne les séduisaient point à cause de leurs rythmes éprouvés, mais à cause de la ruse qu'ils avaient servie pour accéder à la fortune, à la puissance, au bonheur. Ils saluaient notre malice. Et les mères regrettaient de n'avoir pas eu notre astuce, et les filles s'interrogeaient non pour comprendre si elles sauraient de leurs êtres de semblables œuvres plastiques, mais si elles sauraient rendre leurs esprits sagaces au point d'obtenir notre richesse et notre gloire.

Voilà pourquoi, mes amis, acheva Clarisse, je suis revenue tout attristée de la mer. Jusqu'à ce jour, j'avais cru paraître aux spectateurs de ma comédie, aux flâneurs du Bois, un exemple d'élégance digne d'être imité, un corps délicat digne d'être désiré, dût-il en coûter, pour l'obtenir, les grands travaux énergiques dont s'ennoblit l'âme du créateur. Je me considérais comme celle que copieraient les amantes avides de plaire aux esprits des hommes et comme celle dont le baiser récompenserait les vainqueurs de la lutte quotidienne. Je me voyais comme un symbole de luxe et comme le motif des efforts. Je me sentais nécessaire.

Aujourd'hui, l'illusion est morte. A la ruse qu'on m'attribue s'adressent les dévotions. Je ne suis pas Phryné pour le monde. Je suis quelque négociante perspicace et finaude. C'est ma ruse, non ma beauté, que les adolescentes étudient,

n me contemplant et se renseignant. Je me
découvre inutile et maléfique. Mon apparence
l'enseigne pas la beauté. Elle excuse, par mon
succès, les penchants vers les bassesses de l'in-
trigue, de l'entregent et de la sournoiserie. Ah!
mes amis, je vais devenir malheureuse.

... Ainsi parla Clarisse pendant que s'étei-
gnaient les nacres de son teint, et les lueurs de
ces regards ombragés.

XII

Parmi les meubles nouveaux que bâtirent les
artistes du Nord, Clarisse se plaît dans son hôtel
aux murs de céramique. Taillées pour ainsi dire,
celle-ci dans le cœur d'une améthyste, celle-là
dans le cœur d'une émeraude, cette autre dans
le cœur d'un rubis, les salles éclairent son
visage riant et qui pérore sur l'esthétique de
cette décoration limpide. Elle caresse les bois
fumés et satinés de ses armoires à cintres ; elle
nous invite à chérir le ton délicieusement irisé
en gris de ces panneaux qu'ornent les lignes
d'un métal pur. Dans la bibliothèque de très
minces figures géométriques illustrent les portes
à glissières qui cachent les volumes accotés sur
les rayons : ce sont des triangles et leurs projections dans les plans des théorèmes, des cercles
divisés par des segments, des parallélipipèdes
qui dévorent des sphères encastrées. Toutes les
propositions essentielles de la géométrie s'im-
posent à l'œil et à la raison, en menus reliefs
de nickel étincelant comme la vérité incluse dans
leurs formes. Ces bijoux à l'apparence savante
amusent leur propriétaire qui nous colle sur
nos souvenirs d'examens :
— Rien n'est beau comme la ligne qui n'imite
rien de l'inimitable vie, qui n'imite rien que
soi-même ; nous répète-t-elle encore. Entre un
lis merveilleusement sculpté, peint, verni, et un
lis, un vrai lis, qu'est-il de réellement commun
pour des âmes un peu munies de sensibilité
exacte. N'êtes-vous pas fatigués de ces étoffes
fleuries qui insultent aux fleurs, de ces sièges à
pieds de boucs et qui insultent à la célérité du
bouc ; de ces sofas où les bouquets d'or chargent le dossier, et qui insultent à toutes les
touffes des jardins, par les caricatures de leurs
simulacres. N'aimons plus que les lignes, l'éclat
sain des métaux, le bois cru non fardé, les
étoffes unies. N'aimons plus que la vérité des
choses comme nous ne voulons aimer que la
vérité des êtres. Proscrivons toutes les hideurs
des mensonges insuffisants. Les lignes, elles, nous
appartiennent comme les fleurs et les bêtes appartiennent à la nature. Les lignes, ce sont les
enfants de l'homme, les filles de ses calculs
ingénieux et précis, les synthèses qu'il engendre
après avoir examiné les rapports entre les ani-
maux et les végétaux, l'horizon et le ciel, la mer

et les montagnes... Lignes et Nombres, l'esprit
humain vous a créés plus spontanément que ses
autres idées de l'univers!...

Souvent elle fait déployer les tables de jeu,
parce que le baron Vogt s'entraîne toujours aux
difficultés de la spéculation en maniant les
cartes, en luttant contre la psychologie des partenaires cupides. Des mécomptes l'ont mis en
infériorité. Il en souffre. Que le trust des constructeurs navals ait fait banqueroute fraudu-
leuse ; que le trust de l'Océan subisse une
dépréciation rapide par suite de la crise des
frets ; que le trust du cuivre, menacé par la
concurrence des fabricants d'aluminium, re-
nonce à son accaparement et ferme ses usines ;
que le trust colossal de l'acier laisse, en Bourse,
ses obligations fléchir de trente pour cent et ses
actions libérées de trente-cinq pour cent ; que
l'Empire des Affaires rêvé par les Carnegie, les
Rockfeller, les Pierpont Morgan, les Vogt pour
se substituer à l'Empire de la Politique ou de la
Force, que cette nouvelle gloire décline au premier essor, c'est de quoi navrer le chef des
promoteurs israélites, celui qui représente la
vieille Europe financière des ghettos, et la vieille
Asie phénicienne des Tyr, des Sidon, dans la
confédération mondiale des milliards. Aussi le
voyons-nous, gigantesque et discret, réfléchir
en ayant l'air d'écouter, tandis que sa barbe
assyrienne, aux anneaux crépus, repose sur le
plastron de chemise fermé d'une petite perle
médiocre. En lui-même, il combine de nouvelles parties très savantes, durant qu'il contemple Clarisse rire et dire dans cette demeure
claire, comme il contemple se dérouler les spi-
rales bleuâtres de son cigare. Mais il avise les
paquets de cartes et les nacres des jetons que
les valets préparent, sur les tapis verts. Son
immobilité de statue à gaine d'ébène, aussitôt,
s'anime. Il bouge. On lui reconnaît des bras qui
se séparent du torse bombé ; des mains qu'il
exhume avec leurs bagues simples hors de ses
poches mystérieuses, comme celles d'une robe
noire. Déjà victorieux par l'allure, il marche
aux pontes afin de les vaincre par la divination
de leurs paires, de leurs brelans et de leurs
quintes.

Il nous plaît alors de saisir sur ce visage les
signes à peine perceptibles de ses émotions.
Clarisse, qui le sait à fond, indique quel paroxysme d'angoisse décèle l'ombre plus dense
que forme dans sa barbe, autour de la bouche
visible, le pli d'une contracture légère et cachée,
lorsque gagnent les banquiers grecs de Marseille,
le marchand syrien, le courtier juif du Caire,
et celui de Tunis, les deux Arméniens d'Odessa
entrepositaires de céréales. Voilà ses compagnons ordinaires, fils de la Méditerranée dont
les aïeux fréquentèrent, sur les birèmes du
commerce, Tyr, les Cyclades, Corinthe et Patras,
Carthage, Messine, Ostie, les ports de la Pro-

vence, et Gadir qui est Cadix. Durant les siècles, ces ancêtres jouèrent sur les ponts de leurs navires, dans les tavernes des ports, et sur les parvis des temples maritimes consacrés à Moloch, Astarté, Baal, Dzeus, Neptune ou Jésus; maintenant, revêtus de fracs uniformes, étuis de leurs maigreurs ou de leurs corpulences, leurs fils continuent de se distraire passionnément avec les nombres et les couleurs qui tant de fois suscitèrent les querelles sanglantes de leurs pères à l'ombre des promontoires où brillaient les colonnades et les frontons de marbre, où frissonnaient les bois pleins de satyres attentifs au bain des nymphes.

— Aucun avatar, ... nous confiait, l'autre soir, Clarisse, ... n'a diminué l'ardeur de leurs fils pour remuer les cartons bizarres, pour s'intéresser follement à l'apparition de la dame et de l'as, pour attendre, le cœur gonflé, et les yeux lourds, ce que la main de l'adversaire va démasquer. C'est la vieille lutte de l'homme contre la fatalité des Forces Inconnues, ce que symbolisa la Bible par la lutte de Jacob contre l'Ange...

Vogt, vous le savez, ne me dispense pas les mépris dont il est prodigue à l'égard de chacun. Malgré sa froide et complète politesse, tout lui paraît mesquin des préoccupations coutumières à l'élite. Il sourit des lettres et des arts, comme de nos propos et de nos toilettes. Ce sont, pour lui, des bavardages rédigés, imprimés avec plus ou moins d'adresse, et des gestes, des modes fixés sur des images de toile ou de pierre avec plus ou moins d'exactitude. Il hausse les épaules aux noms des ministres et parle de ces marchands vénitiens qui, durant des siècles, unirent, par le commerce, les vies de l'Orient aux vies de l'Occident, provoquèrent les croisades pour obtenir un passage plus sûr aux caravanes venues de Perse et de Chine, jusqu'à la côte du Levant. Il démontre qu'en aucun temps, ne fut un roi, un empereur, pour agir sans être le jouet inconscient des négoces et des banques. L'échange lui semble le fait primordial qui détermina toutes les actions des races, toutes les guerres et toutes les morales, donc toutes les religions, les philosophies, les arts et les lettres consécutifs. Tel est l'homme. Aujourd'hui, ses pareils tentent de dévoiler au monde la force jusqu'ici cachée de leur pouvoir. Ils veulent se conférer évidemment toutes les souverainetés, sans l'intermédiaire des Parlements, des monarques, des soldats. Ce Baal de Tyr qui était un colosse d'or massif, au centre du grand temple, dont il perçait la voûte de sa tête bovine, Vogt en veut faire renaître la divinité, le culte, et les rites devant les peuples prosternés. Oui : le Baal à tête de taureau, le Chéroub d'or autour duquel dansaient les israélites convertis par les Phéniciens, malgré la fureur de Moïse...

C'est là l'espoir de Vogt ; et son génie que j'admire. Il croit que je l'ai compris, et m'aime pour cela. Il croit que j'ai compris la divinité de l'Argent, non comme une chose traitée d'abjecte par les esclaves et les vaincus, mais comme un rayon de puissance suprême remis par la fatalité aux mains de héros opiniâtres et rusés, aux mains des Ulysses et des Barcas, comme en celles des Rothschild et des Vanderbilt. Il m'aime, car, parfois, il se confesse à moi, simplement ; et je l'écoute parler tel qu'un colosse d'Assur en gaine noire. Parfois, il me semble soutenir de sa chevelure bleuâtre le plafond de la salle verte, ainsi qu'un Chéroub de la Susiane. Il m'aime, vous dis-je...

Elle penchait la lueur de sa jolie tête vive et fraîche, en levant son index pointu.

Il m'aime sans jalousie, comme un riche à qui les glaneurs ne sauraient faire de dommage. Il ne s'inquiète pas de soupçonner si les passants saisissent les fruits de ma gorge, hument les cerises de mes lèvres, ou bien secouent l'arbre de mon corps dans leur étreinte. Il n'a point fermé la porte du verger. Il m'aime, vous dis-je, assez pour se réjouir de mes caprices s'ils mettent une sève neuve dans la vie de mes branches et dans la floraison de mon âme. Il m'aime comme Naboth aimait sa vigne lorsqu'elle s'épanouissait au soleil, coquette envers les insectes avides de ses sucs.

Ecoutez ceci... Nous étions ensemble, naguère, dans une capitale du Nord. Il tâchait d'affermir, par d'autres alliances, le trust de l'Océan. L'oncle du roi déjeunait incognito à la table de notre yacht ; car il voulut signifier les conditions militaires imposées par les lois du pays aux armateurs de paquebots, et que ne devaient pas méconnaître les signataires du traité. Les pièces furent envoyées chez les notaires pour qu'on insérât les clauses exigibles. Attendant le retour du commis, afin d'en vérifier l'exactitude, le prince conta ses aventures de ponte à Hombourg, à Monte-Carlo, à Spa. Je fis apporter les cartes. Au bout d'une heure Vogt eut perdu ce qu'il avait dans son portefeuille et même le bâtiment qui nous portait. Une déveine miraculeuse le livrait à son adversaire, grand Viking, sournois, mince, un peu voûté, barbu de roux et de blanc. L'œil de ce marin, sous la broussaille du sourcil, m'explorait. Il me souhaitait avec démence, jusqu'à laisser trembler ses mains fines et ses genoux osseux, quand sonnait ma voix. Et je m'ingéniais, sans lui répondre par aucune œillade, à faire valoir, grâce à mes postures habiles, tout ce que les amants de mon corps en savourent avec le plus d'adoration.

Vint l'instant où Vogt déclara finir la partie. Ce qui lui restait d'argent disponible dans les banques, il en avait besoin pour les affaires de ses associés. Il ne lui appartenait plus de le risquer comme enjeu. Le prince railla. Se pouvait-

Il qu'il eût raison d'un truster, lui simple propriétaire naval dans un pays pauvre et sans crédit notable sur les Bourses d'Europe? On lui avait donc trop vanté l'esprit de risque et l'audace du terrible Vogt! Il taquina mon ami, de la sorte, par mille propos badins, et même légèrement agressifs, en prince qui veut poursuivre sa chance devant un ponte de cette ampleur. Je voyais mon Vogt blêmir, et souffrir. Le désir de jouer encore le torturait. Ses muscles enflaient, se crispaient sous la peau, et puis frémissaient, convulsivement. Je vis poindre la sueur à son front. Il remplit un verre d'eau minérale et le vida. Le prince riait, en mordillant un cigare, en étendant ses interminables jambes, en creusant son maigre ventre, en rejetant les revers de sa redingote pour planter les pouces aux entournures de son gilet, et me considérer en dessous, à l'abri de ses cils roux et blancs.

Alors, je rappelai, paisiblement, l'histoire de ce mari qui, après avoir tout perdu, offrit sa femme pour enjeu suprême de quitte ou double. A mesure que je parlais, le prince pâlissait de désir. Son cœur battant, sa poitrine haletante soulevaient, avec les plis du gilet, la chaîne d'or tendue entre les deux goussets. Ses lèvres séchèrent. Il n'osait croire que j'eusse l'intention de me proposer ainsi... Silencieux et impassible, Vogt nous considérait tour à tour. Ni l'un ni l'autre ne se décidèrent à parler selon leur envie. Dans le carré du yacht aux panneaux de citronnier verni, encadrés d'acajou, tout embu par les fumées des cigares, et les vapeurs des kummels, nos trois âmes se troquaient sans paroles, par les malices de nos regards.

— Baste... dis-je, sommes-nous de ces personnes que de plats préjugés conseillent?... N'aurons-nous pas le courage de nous avouer franchement, ici, la sincérité de nos instincts. Vous, baron, vous perdez le souffle tant est grande votre rage de ne pouvoir continuer le jeu. Vous, prince, depuis une heure, votre perspicacité s'exalte en s'efforçant de deviner le goût de mes seins, la forme de mes jambes, la souplesse de mes flancs, et la vertu sensuelle de mes contacts. Quant à moi, je brûle de savoir si mon amant aura l'énergie de me louer une heure à vous pour la somme qu'il va perdre en même temps qu'il me perdra quelque peu. Je brûle de savoir s'il se croit assez fort, pour se permettre de maquignonner sa maîtresse, sans craindre d'être déconsidéré... Car voici le problème... Sied-il que le baron Vogt s'estime assez haut pour abandonner, sans être amoindri, son bonheur d'amant. En vérité, prince, je voudrais à cette heure mesurer l'orgueil du baron, et son courage. Aura-t-il la vaillance de se croire un surhomme tel qu'il se puisse jucher, devant vous, par-delà le Bien et le Mal, par-delà l'Honneur et le Déshonneur, en me livrant contre un

enjeu d'or, à votre fantaisie!... Messieurs, voici les cartes. Ne me jouerez-vous pas?... Imaginez que je vaille... en ce moment... mettons : mille louis?...

— Dix mille... cria galamment le prince... que l'angoisse du désir vieillissait fort.

— A vous de battre... monseigneur... accorda le baron, sans hésiter plus.

Le silence fut vibrant, si j'ose dire. J'entendais battre les deux cœurs en folie. Vogt perdit. Il monta sur le pont après m'avoir baisé la main. Il donna l'ordre de le conduire à terre, et cela fait, de prendre le large. Je fus, tout le jour, dans le bercement de la mer, la proie du long vieillard fiévreux qui me broya dans les pinces de ses os durs ; qui m'éplucha de mes jupes comme on épluche un fruit délicieux, qui m'adora nue tout éclairée par le reflet du soleil dans les vagues battant le balcon de la poupe, qui m'écouta lui dire mes fables et mes facéties, et mes métaphysiques... Au soir, je me fis débarquer, heureuse du bonheur que j'avais su valoir à ces deux êtres.

J'ignorais le sentiment de Vogt. Me haïssait-il pour l'avoir mis en infériorité morale devant le prince? Me pardonnait-il de l'avoir poussé à vaincre sa honte afin qu'il adoptât la franchise de sa passion héréditaire et véhémente, de sa plus forte passion?... Je me rendis dans mon appartement de l'hôtel sans le prévenir. Il m'y rejoignit lorsqu'il apprit mon retour.

— Je vous dois, Clarisse, confessa-t-il... ma plus forte émotion. Le joueur ne vibre intensément que s'il craint de perdre beaucoup, de soumettre tout son avenir au caprice momentané de la chance. Son orgueil, c'est l'héroïsme de tout sacrifier des joies, et de tout risquer des peines, des humiliations, des douleurs tragiques. Jamais je n'avais pu le ressentir comme aujourd'hui!... Mais nous ne recommencerons plus, n'est-ce pas? Si fort que je me pense, peut-être ne pourrais-je, une seconde fois, vivre la minute affreuse où j'ai sacrifié, à la première de mes passions, la chère seconde...

Du reste le baron envoya, dès le lendemain, au prince, les dix mille louis que représentait l'enjeu de mon embrassement. L'autre comprit qu'il les devait accepter. Je n'avais été qu'un cadeau.

— Et quel cadeau!... fit Clarisse, en se pourléchant avec malice le rouge épiderme de ses belles lèvres.

XIII

— J'ai un faune, m'a dit Clarisse... Un faune! Il est dans le parc... Venez voir mon faune!

Et me voilà derrière elle, par les larges allées humides, sous les branches chargées de pluie qui goutte. Elle marche, sautille, galamment

troussée dans ses jupons de dentelles jaunes
sous une pèlerine d'écarlate et un large chapeau
de feutre aussi gris que les pantoufles terminant
ses fines jambes en bas de soie coquelicot. Les
oiselets qui s'envolent secouent l'eau des
feuilles. Tels de jeunes militaires qui voudraient
séduire la passante, les bouleaux redressent
leur prestance en uniforme d'argent. Le parfum
des sapins et des bruyères mouillées nous guérit
de tous malaises. Les colimaçons gluants se
traînent au travers des sentiers. Des lames de
soleil glissent entre les couches ouatées de
nuages. Parfois, mon hôtesse se retourne et rit
entre ses joues d'api, que les mèches brunes
encadrent, que les regards parent d'une bonté
malicieuse.

À u détour d'un buisson, les pommiers apparaissent courbés vers la pelouse par le poids de
leurs fruits, dont beaucoup jonchent l'herbe.
Par delà, les choux en graines s'épanouissent
sur leurs hautes tiges. De leurs panaches verts
surgit un rustre velu, frisé, barbu, qui se met
à rire en cessant d'arracher les parasites.
J'admire son visage saure, les boules brillantes
de ses yeux hardis, sa denture animale, sa poitrine poilue que découvre un lambeau de chemise béant, relevé jusqu'aux épaules sur les
bras noueux. Des fils blancs s'emmêlent aux
bouclettes de sa toison noire. De grosses rides
barrent son front têtu, qui se baisse pour entou-
rer d'ombre l'astuce de son regard. Il prononce
un mot :

— Signora !

— Il vous est donc venu des buissons du
Latium, Clarisse?

— Le sais-je?... Voici. Je le rencontrai, l'autre
jour, dans le parc. Il vaguait, cherchant le jardinier pour obtenir quelque travail. Cette
curieuse tête, nous l'avons contemplée dans les
vieux tableaux italiens, où les maîtres primitifs
peignirent des sylvains et des nymphes symboliques dansant autour de messire Apollon, qui
touche la lyre. Elle a le type étrangement juif
des antiques statues qui représentent les
hommes des bois ; elle a leur nez busqué, leur
lèvre inférieure pendante, leurs oreilles déme-
surées, toute cette emblémature particulière
évidente aussi dans les traits d'Henri IV et des
Bourbons. C'est pourquoi je le fis engager
aussitôt par mon chef d'horticulture. C'est mon
faune, et il est passé sans doute par le Latium,
car il est né aux environs de Velletri, comme
en témoigne un papier crasseux et municipal.
Voyez comme il gambade de ci, de là, sous prétexte de recueillir les mauvaises herbes. Voyez-le
relever la tête, devant l'épaisseur du bosquet.
Tenez, il écarte les rameaux des fusains, pour
nous rire, entre leurs feuilles. Et il siffle.
Écoutez-le siffler, mon cher, écoutez-le siffler !

En passant par cette bouche lippue, l'air
devenait singulièrement mélodieux. D'abord, le
bonhomme imita le son de la pluie qui tombe
goutte à goutte, comme elle tombait autour de
nous, dès le moindre souffle. Puis il multiplia
graduellement les sons fluides et pleins. Et cela
fut d'une exactitude si surprenante que je me
pris à regarder le ciel pour m'assurer que
l'averse de l'heure précédente ne recommençait
pas. Les yeux du faune rirent ; et il se claqua les
cuisses en signe de joie, mais sans interrompre
sa musique. Le bruit de l'orage s'y mêlait aux
cinglements de l'eau poussée par le vent contre
les frondaisons compactes. Un fleuve voisin se
révélait, clapotait, courait entre ses berges ; il
roula en torrent, heurta les piles d'un pont,
tourbillonna sous les arches et s'en fut, empor-
tant les coups précipités des rames qui battaient
son cours rapide pour sauver du péril l'esquif
imaginaire. Bientôt le faune nous donna cette
illusion : l'ouragan éventait le parc, rebroussait
les feuilles, entre-choquait les branches ; puis
la mer, non loin de nous, mugissait, accourait,
s'écroulait sur une grève de galets sonores.

Il siffla longtemps, de la façon la plus extraordinaire. Aucun des bruits de la nature ne fut
omis par sa verve. Cependant, il n'avait guère
oublié son travail, comme s'il mettait un point
d'honneur à faire le virtuose et le jardinier dans
le même temps. Le finale fut exquis. Après
avoir simulé le chant de tous les oiseaux,
entamé les murmures de tous les insectes, pour
achever, il adapta sa musique à celle d'un
frelon de velours noir rayé d'orange, qui bour-
donnait entre nous, sur un parterre de dahlias
pourpres ; et cela de telle sorte que le dernier
souffle humain expira, que la bête continua
seule le frelon, sans que nous puissions savoir,
toute une minute, de quel organisme dépendait
le susurrement grondeur ainsi perpétué.

— C'est la flûte de Pan!... Est-ce assez la
flûte de Pan? me disait Clarisse, fort radieuse.
Eh bien, vous avez vu, vous avez entendu mon
faune... Allons aux serres, maintenant.

Nous abandonnâmes le prodige et nous che-
minâmes en devisant. J'avais passé mon bras
dans celui de notre amie, qui laissait peser
contre ma main la caresse tiède et odorante de
son corsage.

— Je n'ose, me confia Clarisse, reconnaître,
en ce malheureux, un gentilhomme romain qui
fut de mes amis, il y a quelques années, lors de
ma seconde tournée en Italie. Pourtant, Pasquale
Barzellotti n'était pas aussi trapu que cet ouvrier.
Mais ses yeux regardaient avec cet éclat de
boules brillantes. De plus, il adorait les champs.
Il possédait une campagne magnifique près de
Frascati, une maison octogone toute enrichie de
bas-reliefs et de statues, sous le péristyle.
Taillés en charmilles, en berceaux, rafraîchis
par de superbes eaux jaillissantes qui s'élevaient
majestueusement hors des bassins, et gardés
par des cavaliers en bronze, par des déesses en

pierre, les jardins m'étonnèrent et même m'intimidèrent, lorsque l'entremetteuse m'introduisit dans ce domaine pieusement conservé, avec toute sa splendeur de la Renaissance, au cours des siècles.

Je me souviens que l'intérieur de la maison était à peu près vide. Nous parcourûmes, derrière la servante, un vestibule circulaire dallé en mosaïques, un corridor de marbre nu, pour entrer dans une salle en rotonde garnie seulement d'une tapisserie qui représentait les symboles des saisons fécondes, les triomphes de Flore, de Cérès, de Pomone, tissés en haute lice, avec des laines aux couleurs non pareilles, et qui rehaussaient l'apparat de ces cortèges mythologiques. Une sorte de divan rond, couvert d'un velours lie de vin, de fourrures et de coussins nombreux, occupait le centre de cet agréable temple. Sur un vieux coffre aux émaux livides, une collation dressait quelques fruits opulents, des gâteaux d'Amalfi, un vin de Marsala inclus dans une aiguière de cristal taillé armorié, pourvue d'un goulot et d'un pied en vermeil aux ciselures exquises. L'entremetteuse ne pria de me dévêtir. Quand je fus telle que moi seule, elle me fit prendre posture sur le divan central, une grappe dans une main, un verre plein dans l'autre. Comme cette femme se retirait, entra le locataire de mes charmes. Il était extrêmement pâle. Une émotion rare faisait trembler ses gestes. Il me fallut tout un examen pour retrouver en lui le monsieur de l'avant-scène qui, la veille, assistait, derrière deux femmes très élégantes et adamantines, au spectacle. Il me semblait atrocement vieilli. Il ne chancelait pas, mais ses yeux ardents et caves, ses lèvres sèches et frémissantes, la sueur de son front indiquaient un trouble excessif... La figure d'un meurtrier, au moment du crime, se doit décomposer ainsi.

J'avoue que je ressentis de la terreur. Je craignais d'être la proie d'un fou... Et je me redressai si vivement qu'une partie du vin s'épancha sur les fourrures, que ma main abandonna la grappe de la pose. Lui me rassura d'une voix suffoquée, mais empreinte de douceur et de faiblesse.

— Touchez mon cœur, chère enfant, balbutia-t-il, vous sentirez ses battements qui sont précipités. Riez de moi : pour la première fois, je me suis résolu à trahir ma femme. Cela me semble une chose méchante et criminelle, mais nécessaire pour m'affranchir, car je deviens esclave trop docile de notre amour quotidien. Il m'a paru que vous étiez une fille intelligente et bonne, hier soir, quand vous jouiez le rôle d'Ophélie, et que je pourrais, sans être raillé de vous, obtenir que vous compreniez mon angoisse, que vous l'apaisiez, que vous me consoliez, un peu avec ce beau fruit de votre jeune corps, et le vin succulent de vos baisers humides... Ne le

voulez-vous pas?... Ne craignez rien... Je suis seulement un homme dont la conscience sévère est en lutte avec la raison et le vice puissant. Je n'ai pu faire triompher l'une des autres, ni les autres de l'une aussi complètement qu'il siérait... A cet instant même j'ai envie de fuir, de vous laisser : je ne veux plus encourir le risque d'apprendre le désespoir de ma femme si elle vient à savoir ma joie profonde de vous goûter. Or, je ne dois pas céder à ce scrupule sentimental, parce que si je ne me délivre pas de ma fidélité, je condamne à mort mon esprit!...

Il se tut. Je me rassurai. Je lui tendis le verre et la grappe dont mes lèvres avaient happé déjà deux raisins... Il hésitait encore. Sa respiration haletante soulevait son torse large enduit d'un maillot en soie bleue comme ses jambes brèves et musculeuses de légionnaire romain. Ce combat intérieur l'épuisait. Son visage verdissait et rougissait tour à tour. L'homme de trente à quarante ans que j'avais remarqué dans l'avant-scène entre les dames somptueuses, vieillissait de minute en minute, jusqu'à paraître sexagénaire... Il me fit pitié...

— Monsieur, lui dis-je, je ne me permettrais pas de vous donner un conseil, car je ne suis qu'une petite courtisane prête à vous distraire selon les secrets de mon art. Laissez-moi vous représenter toutefois que votre volonté sut agir librement, cette nuit et ce matin, après mûres réflexions, pour me mander auprès de vous, tandis qu'à cette minute, l'émoi d'une détermination grave trouble votre logique. A tout prendre, c'est votre résolution de la nuit et du matin qui est la meilleure, non celle-ci. Venez donc vers moi, sur cette fourrure moelleuse, goûter ma bouche et ma gorge. Lorsque mes caresses vous auront rendu toute votre force, vous oublierez dans mes bras les chagrins...

— Sans doute, ma chère enfant, répondit-il.

Et il s'approcha lentement, puis s'assit près de moi l'âme ailleurs.

En vain je me penchai sur lui pour qu'il savourât les succulences de ma poitrine, en vain j'usai de mes pratiques subtiles ou brutales. Bien qu'il me donnât quelques baisers de politesse, il ne parvenait point à chasser les images interposées entre notre plaisir et ses angoisses.

— Si vous aimez tant votre femme, dis-je, pourquoi la tromper? Certes, vous avez eu, hier soir, le désir de me posséder. Durant les trois actes où je joue, votre lorgnette a constamment fouillé l'échancrure de mon corsage; et les boules brillantes de vos yeux dardaient de ces fins éclairs ironiques dont nous savons le sens. Pour que ma présence et mes soins vous déçoivent ainsi, il faut véritablement qu'une douleur souveraine vous asservisse. Dois-je me rhabiller et vous quitter?

Il me supplia de n'en rien faire, de rester. Il m'embrassa furieusement, avec la fougue d'un lâche qui, ne pouvant fuir, se rue dans la mêlée, les yeux clos, l'âme démente, et les bras terribles. Tout fut promptement consommé de notre spasme, et il se retira de moi, presque joyeux.

— Ma chère, dit-il, vous m'avez rendu le plus grand service en insistant avec douceur et gentillesse. Si vous eussiez été grossière ou taquine, je vous eusse méprisée ; et les mérites de ma femme eussent effacé, par-devant vos incartades, les grâces mêmes de votre vice. Je fusse retombé dans mon esclavage, dans le tombeau de ma volonté et de ma pensée. Écoutez... Avant mon mariage qui date de dix ans, j'étais un diplomate dont le génie dirigeait les discussions des ambassades. On accordait à mes talents un crédit considérable. Sans cesse je renouvelais ma science par des études historiques difficiles où j'excellais. Après l'union avec la jeune fille la plus charmante de l'Italie, après cinq ans de félicité entière, je m'aperçus un jour que ma maison ne contenait plus aucun des meubles, aucun des tableaux acquis pendant mon célibat. Des rideaux de dentelles, des étoffes claires et fleuries, des sièges contournés, dorés, biscornus avaient remplacé le décor magnifique, lourd et sévère de ma jeunesse. Au lieu de mes bahuts de la Renaissance précieux et monumentaux, il y avait des vis-à-vis, des bergères, des paravents à paysages, des poudreuses et des guéridons de marqueterie. Je marchais sur des tapis d'azur. Des estampes élégantes à la manière de Lancret, de Watteau remplaçaient mes Rembrandt, mes Holbein, mes Dürer. Une farandole de jeunes et jolies femmes, un peu trop aimables, mais célèbres à Florence et à Rome, se succédait dans les boudoirs zinzolin et vert céladon où riait la maîtresse du logis. Et cela s'était accompli lentement, sûrement, absolument. Je m'aperçus alors que, suggérées par cet entourage, mes idées étaient devenues légères et factices. Et cela m'expliquait pourquoi l'on ne m'écoutait plus dans les Conseils diplomatiques ; pourquoi, si l'on m'aimait mieux, on se rangeait moins à mon avis. L'esprit coquet de ma femme m'avait travesti en personnage sympathique. On ne me jugeait plus en penseur, mais en galant homme aux amis innombrables et serviables. Et le pire était que la transformation continuait de se poursuivre, sans que je pusse l'arrêter... J'avais vendu mon âme au diable de l'amour conjugal. Ses manigances m'avaient vaincu... Voilà pourquoi, cinq ans, j'ai lutté, Clarisse, pour ressaisir la valeur première de mon être. Les larmes touchantes de ma petite épouse noyèrent toutes mes résolutions viriles. En cédant, elle me jetait à l'abîme de la niaiserie. Et elle m'aimait ! Et l'amertume de ses larmes était sincère. Et je ne pouvais pas la faire souffrir en contrariant ses caprices, car, faible et tendre, elle me faisait paraître odieux à moi-même

quand, avec colère, j'exigeais l'indispensable.

Voilà, Clarisse, pourquoi il importe que je m'affranchisse. La paresse envahit mon cerveau étourdi par les parfums des coquettes, corrompu par les images du luxe pimpant, et le bruit des caquetages inutiles. Un bonheur bête m'a engourdi l'intelligence. Je me sens devenir pareil à ceux que méprisait ma jeunesse mâle et vigoureuse. Clarisse, il faut que tu me sauves avec tes vices délicats, et l'esthétique souveraine de l'orgie... Je veux redevenir un homme qui pense et qui crée, et ne point demeurer un galant ridicule aux songeries roses.

Ainsi me supplia Pasquale Barzelloti. Je fus sa maîtresse, toute une saison, dans ce domaine admirable et vide, où il essaya de retrouver son âme. Ce fut en ce temps-là qu'il apprit à siffler afin que l'univers sans cesse évoqué par les sons de sa bouche lui suggérât des idées puissantes comme les lois naturelles. M'ayant découverte dans les bras d'un très vieux cabotin pour qui j'avais eu de la compassion, il me chassa.

Depuis, j'ai su que le jeu l'avait ruiné, que plus tard, on l'avait enfermé dans un hôpital. S'en est-il échappé ? Par les routes, en mendiant, est-il venu vers la gloire de Clarisse, dont le nom, dans sa mémoire obscure, devait luire comme un souvenir de libération ? Est-ce lui qui, dans mon verger, siffle tous les sons de l'univers, pour me rappeler nos amours et me demander que je l'affranchisse encore de la bêtise ! Peut-être... Que savons-nous des hommes et des choses ?... En tout cas, vous avez vu mon faune... Voici mes orchidées, maintenant !

XIV

D'anciens cultivateurs vieillissaient dans les minuscules maisons jaunes percées d'étroits corridors vers les clartés des jardins. Les enfants sages regardaient aux vitres. Les capitaines en retraite cultivaient les pois qui montaient le long des ficelles. Adipeux, hébétés par l'abus du tabac, les gens du petit négoce lisaient lentement les détails de l'assassinat, au long du journal populaire étalé sur le comptoir. Les hommes de loi se déguisaient en chasseurs. Chez le directeur des postes, les fonctionnaires jouaient au whist. En battant l'absinthe, à la terrasse du café Gladiator, les officiers se vantaient de leurs relations avec maints personnages à particule nobiliaire. Il y avait, sur la place, une fontaine à l'eau douceureuse, un général de bronze qui opposait au destin des batailles son front chauve et son rictus amer. On avait oublié ses exploits.

C'était une saine petite ville à toits d'ardoise. L'amour y dépendait d'une centaine de couturières et modistes que palpaient, à la brune, sur les gazons des remparts, les commis de la banque avec les sous-lieutenants. Deux marchandes et la femme du commissaire-priseur honoraient aussi l'adultère, consommé dans une auberge discrète de la banlieue, en faveur de jolis capitaines, de spirituels avocats. La dame du notaire payait la chambre garnie d'un robuste adjudant. Le rire appartenait à des garçons brasseurs colossaux, qui portaient héroïquement des barriques pleines sur un genou, depuis le haquet jusqu'aux caves béant entre les fenêtres des rez-de-chaussée. Nombre de chiens de chasse vaquaient sérieusement à leurs affaires, chacun pour soi. Ils finissaient par rejoindre dans les tavernes certains quadragénaires aux larges dos et aux jambes courtes, aux têtes énormes, qui poussaient les dominos sur les tables, ou bien abattaient gravement les cartes. Ceux-ci parlaient politique seulement pour maintenir, en son siège de député, le plus riche des propriétaires ruraux qui, bonapartiste sous l'Empire, conservateur sous l'Ordre moral, opportuniste sous Gambetta, radical-socialiste sous le Bloc, distribuait équitablement entre les plus influents des électeurs les rubans du Mérite agricole, de l'instruction publique, les bureaux de tabac, les indemnités pour la grêle, et les dispenses de service militaire.

Les usines fumaient hors la ville. Aussi, la masse ouvrière avait émigré, depuis vingt ans, jusqu'aux bourgs entourant la forge, la malterie et la filature. Du temps passé, un seul monument gardait les vestiges : l'hôtel des comtes de Bussières, vaste bâtisse dont la façade, en briques cernées de pierres grises, regardait par ses fenêtres monumentales la place des États et huit lampadaires à gaz. Il servait d'auberge. Ce fut là que Clarisse descendit, lorsqu'elle vint y jouer une saison, au théâtre municipal, Vogt voyageant d'Iude en Chine pour obtenir l'adjudication des phares.

Cette arrivée émut d'abord les petites couturières chez les patronnes de qui l'actrice commanda, tout de suite, quelques peignoirs et sauts-de-lit. La finesse des étoffes, apportées de Paris pour cet usage, émerveilla. La seconde surprise fut le passage d'une victoria bleue, élégamment attelée, pourvue de chevaux nobles et d'un cocher obèse. Clarisse y était joliment étendue en la grâce de sa beauté, en l'élégance d'une toilette simple et blanche. On admira les lueurs de ses yeux indifférents. Au café Gladiator, soudain, les galants des couturières sentirent qu'ils ne les aimaient plus, tant cette splendeur humilia leur gratitude en les petits regards malins de leurs amies, et les taches de rousseur sur les nez frétillants. Isabelle Besnard, la plus recherchée de ces grisettes, donna son congé au lieutenant Ténéris, qui l'avait séduite par sa laideur sympathique de dogue bourru,

et sa superbe infatuation. Elle renonçait à l'honneur d'être sifflée dans la rue ainsi que Radegonde, l'épagneule de ce militaire, parce qu'il avait trop éloquemment décrit les prestiges subitement apparus de Clarisse Gabry.

Isabelle entraîna dans sa rébellion la rousse Thérèse et Lucie, nymphe élancée aux belles jambes, Célina délicieuse au goût des baisers. Les quatre plus gentes amoureuses de la ville refusèrent leurs complaisances et, la première fois, rentrèrent directement de l'atelier chez elles, sans même une moue de regret pour les gazons des remparts.

S'étant concertées, elles convinrent que la suprématie de Clarisse venait moins de mérites personnels que de l'art propre à les mettre en valeur. Il suffisait de pouvoir acheter chez les couturiers en renom de la capitale, les toilettes dues à leur science de la beauté féminine pour, instantanément, l'emporter sur la nouvelle venue. Avec des précautions oratoires et plusieurs raisonnements philosophiques de libres penseuses, elles affirmèrent, en peu de jours, la légitimité d'une rémunération sérieuse obtenue en échange de leurs caresses. Jusqu'alors les lieutenants et les commis s'étaient tenus à de maigres cadeaux : bijoux d'or fourré, turquoises minuscules montées sur fil de vermeil, peignes de fausse écaille, bourses de cuir frappé, cravates de soie, ombrelles à manches d'argent, etc... Il fallait conquérir mieux. Il fallait avoir des billets bleus, ou ce qu'ils procurent. On lâcherait les parents que ravirait d'ailleurs l'aubaine. Elles le savaient, sans le dire, renchérissant, au contraire, sur les risques à encourir devant les colères honnêtes de ces braves gens.

Grâce à des sourires riches en promesses luxurieuses, à la forme de sa croupe moulée dans la jupe de crépon, Isabelle enflamma vite le député Puisarieux, dont les cinquante-six ans se portaient bien encore. Chaque midi, elle frôla les fenêtres de la haute maison sculptée et lança, dans l'interstice des rideaux, une œillade au beau patriarche. Il sommeillait là, dans sa barbe grise, la lippe en dehors, devant une immense table couverte de brochures, de paperasses et de dossiers.

Sous prétexte de solliciter son appui pour un oncle pourvu de la médaille militaire et qui désirait la place de gardien du square, elle obtint une audience. Cinq ans, le vieillard s'était abstenu de voluptés, par prudence sanitaire. Il crut pouvoir se permettre, sans péril, une escapade : « Mais, mademoiselle, certainement, monsieur votre oncle m'est très recommandé. Et que pourrait-on refuser à une aussi jolie femme, qui est, de plus, la nièce d'un vaillant soldat. Ah! vous devez faire bien des malheureux... Que si!... Ah!... comme je voudrais avoir encore vingt ans... — Vous êtes plus beau, monsieur, que bien des jeunes gens... —

Flatteuse! — Mais non. Vous ressemblez au dieu de pierre sculptée qui est à gauche, dans la première salle du musée. — Vraiment... C'est un fleuve, je crois, le fleuve... Je ne me rappelle point son nom. Il aimait les nymphes, mademoiselle, des nymphes qui vous ressemblaient et qui n'étaient point cruelles pour lui. — Je comprends cela. — Ah! ah! vous vous moquez. — Pas beaucoup... » Elle rit et se laissa prendre sur les genoux. Cependant à la même heure, la rousse Thérèse réclamait au directeur des postes une lettre égarée, ils la cherchèrent ensemble jusque dans son corsage. Le lendemain Lucie montra ses jambes au banquier Caïn : il se promenait en dog-cart, comme à l'habitude, le long de la rivière, où la belle fille se jouait, sans bas, les pantalons troussés et la jupe aux hanches, en compagnie de Céline folâtre.

Les relations se continuèrent plusieurs semaines. Habilement, les jeunes femmes surent garder le mystère indispensable, en province, aux satisfactions des voluptés illicites, et pour des personnages tels que le représentant du peuple, le directeur des postes, et le banquier. Au reste, tous trois joignaient à l'importance de leur situation celle de la fortune. Caïn faisait des opérations de Bourse, pour le compte du fonctionnaire. Familier au ministère des Affaires étrangères, M. Puisarieux pouvait l'avertir à l'avance des changements brusques de la politique extérieure, qui influençaient les cours. En cas de chance, il touchait un tiers du bénéfice.

Vers cette époque, l'apparence de la ville se modifia de manière perceptible. Ce fut d'abord un mouvement, sur les onze heures et demie du matin, à la porte des cafés. Les consommateurs éprouvaient alors le besoin de prendre l'air. Abandonnant cartes et dominos, ils venaient, de l'allure la plus naturelle, bourrer une pipe au soleil. Mais justement les cycles d'Isabelle, Thérèse, Céline et Lucie débouchaient hors de la rue de Paris, retour des champs. L'on se complaisait à voir les fines jambes en bas noirs, les croupes rebondies débordant la selle, les poitrines penchées dans les petits paletots beiges. Cela donnait de la joie aux yeux. Par respect des choses établies, les joueurs se rasseyaient, sans autre signe qu'un clignement de paupières, et l'un ordonnait : « A vous, cousin... » avec le ton d'un père indulgent, qui veut étouffer une conversation hasardeuse, entreprise devant sa fillette.

Le magasin : « Aux deux Chinois », arbora dans sa devanture des douzaines de bas de soie, des corsets-ceintures, des jarretelles pour relier les bas au corset, à la place des humbles jarretières, des jupons de dessous en satin, le tout de la même nuance grise à pois blancs. Cette innovation arrêta les dames, en route vers le marché. La colonelle jugea que c'étaient des

« affutiaux pour cocottes »! mais la femme du commissaire-priseur entra, se rendit compte, et apprit que ces dessous avaient été commandés à Paris aux noms de plusieurs demoiselles de la ville.

On devinait. Il en fut parlé chez la commandante, au thé de la receveuse de l'enregistrement. On y fit la même allusion, pendant le dessert, chez l'archiviste, qui discourut sur la toilette au moyen âge le plus pertinemment du monde. Il fut jugé d'esprit fin. Mais lorsque Monseigneur offrit, pour la Pentecôte, aux chanoines, le banquet d'usage, l'abbé Perrot s'éleva contre le scandale apporté dans le diocèse par une voiture bizarre : le cocher la conduisait d'un siège mis à l'arrière. Monseigneur observa que cette sorte de véhicule, nommé *cab*, est fort en usage à Londres, où il remplace le fiacre. L'abbé Perrot riposta que cette voiture menait au Bois des Abbayes deux femmes perdues de mœurs. Là-dessus, l'abbé Cœur espéra que la prochaine lettre pastorale ferait une allusion sérieuse aux lois scélérates et aux impôts d'abonnement. Un murmure approuva la motion.

Quinze jours après, il roula deux cabs dans la ville. Le chien du maire faillit être écrasé, parce que le cocher d'Isabelle tourna court dans la rue Carnot, au moment même où l'intéressant braque bourbonnais s'efforçait de vaincre une constipation évidente. En voulant le sauver de la roue, le fils Roger, neveu du premier adjoint, reçut une forte contusion à l'avant-bras. Son père, alarmé, rédigea, pour le conseil municipal, un projet d'élargissement de la rue Carnot, « dont les mesures actuelles ne semblaient plus compatibles avec l'expansion prise par la circulation des voitures de luxe ». Seulement, la ville manquait de fonds. La vente de terrains pierreux, couverts de chardons, eût seule pu couvrir les frais d'expropriation. M. le maire souhaita que la Compagnie Paris-Lyon-Méditerranée les achetât afin d'y construire la nouvelle gare, si, comme on l'espérait, les Chambres votaient enfin le chemin de fer d'intérêt local qui s'embrancherait là. Une délégation fut rendre visite au député dans le but d'éveiller sa sollicitude en faveur de cette amélioration.

Isabelle et Thérèse, conseillées par Caïn, dans son lit, acquirent de leurs économies, pour sept mille francs, la maison du cordonnier Vinois. Cette mesure menaçait ruine et embarrassait la rue Carnot. Les deux amies firent instantanément repeindre la boutique, y installèrent une taverne, gérée par le frère de Céline, caporal d'infanterie de marine. Il revenait de Madagascar, en congé de réforme. Les sous-officiers de la garnison fréquentèrent l'établissement, le débit de l'alcool y fut prospère.

Thérèse se déshabilla chez Puisarieux à condition qu'il obtiendrait le vote du chemin de fer; et Céline le contraignit à la même promesse en tirant, toute nue, la belle barbe grise du patriarche qui l'appelait « ma nièce »... Le représentant du peuple emmena Isabelle à Paris, dès la réouverture du Parlement. L'habitude du plaisir avec les quatre jolies filles lui avait rendu la jeunesse. Pour la première fois de sa vie politique, il escalada la tribune, à la fin d'une séance orageuse. Le public et les cinq cents députés purent voir un vieil homme élégant à longue barbe grise menacer du doigt le ministre de la Guerre effaré, lui crier : « La France républicaine n'a point refusé d'admettre l'infaillibilité du pape, pour accepter, aujourd'hui, celle du militaire!... » Phrase imprimée par tous les *journaux du monde*, et sur laquelle tomba le cabinet de concentration.

A une telle conscience, l'autre ministère ne pouvait refuser un simple chemin de fer d'intérêt local. La Compagnie P.-L.-M. acheta les chardons et le terrain de la municipalité, y construisit l'embranchement, puis la nouvelle gare. La mairie fit entreprendre l'élargissement de la rue Carnot, et le jury d'expropriation dut taxer à cinquante-huit mille francs l'indemnité légitime que reçurent Isabelle, Thérèse et Céline pour cession de leur taverne à la ville.

Comme il brandissait des journaux sectaires en invectivant les intellectuels, parmi un groupe d'officiers, le lieutenant Ténéris aperçut, un jour, le cap d'Isabelle. Dans sa noble fureur, il siffla son ancienne maîtresse, comme jadis : « Ici! » Docile, admirant une telle insolence, elle fit arrêter la voiture et y monter le soldat, son maître.

A cause de cela, Puisarieux fut, le dimanche suivant, trouvé dans son fauteuil, le front troué d'une balle, son revolver étant tombé sur le tapis. Bientôt les murs des maisons se couvrirent d'affiches multicolores pour l'élection d'un député. On révéla des scandales. Le directeur des postes fut admis à faire valoir ses droits à la retraite. Enrichi par les expropriations, Caïn commandita l'usine de force électrique installée près de la gare, et la ville entière s'éclaira de lunes Popp; les tavernes resplendirent.

Clarisse pourtant s'étonnait qu'une vie tumultueuse animât les rues si calmes lors de son arrivée dans la ville. Comment se faisait-il que l'électricité brillât partout, qu'elle illuminât les gestes des orateurs politiques dans les cafés, la course d'un cab alerte emmenant une fille et un militaire, les affiches innombrables qui travestissaient les maisons minuscules des vieux paysans et des capitaines en retraite, la foule tumultueuse refoulée par la police à la porte du manège Théophile, les échafaudages dressés autour des constructions à demi faites, les fosses ouvertes par les terrassements, les groupes affairés des prêtres se précipitant aux ruelles voisines du palais épiscopal?

Elle ne songea point tout de suite que la seule apparition de sa beauté, les lueurs de ses grands yeux indifférents, et l'élégance de sa posture dans la victoria bleue, avaient pu, en un bref instant, susciter la vie dans la cité des âmes mortes. Elle n'y songea point tout de suite.

XV

Après des mois d'absence, Clarisse certain soir, revint dans Paris. Sous les arbres semant leurs dernières feuilles, les kiosques lumineux coloraient l'ombre roussie par les reflets du gaz, bleue par ceux électriques. Si des voix des camelots assourdissaient, elles exprimaient nettement la vie hâtive apparue aux physionomies de la foule qui circulait entre le fleuve des voitures aux yeux d'or et les boutiques soutenant les maisons abruptes sur une longue base de lueurs reflétées par les chefs-d'œuvre de l'industrie.

D'abord, Clarisse aima la cour du Grand-Hôtel. Pour elle, des officiers allemands enflaient déjà leurs poitrines dans des redingotes carrées. Quelques jeunes Américains couperosés, glabres, croisaient leurs longues jambes en fumant au fond des fauteuils en paille, le feutre en arrière sur l'or de leurs chevelures limpides. Plusieurs Espagnols, maigres et sombres, essayaient de marche en marche le vernis de leurs bottines; des Russes bruyants se reconnaissaient autour des coupes à champagne, s'embrassaient la barbe, devant la gravité somnolente d'un Egyptien.

Là, dans le caravansérail où venaient s'unir les types de l'élite universelle, Clarisse se crut mieux prête à l'amour encore. Le vieil et jeune Eros, elle le voyait vivre sous chacune de ces formes viriles, apportant au cœur du monde les forces ardentes de l'esprit des races. Elle admira les gestes éloquents des Latins, la force calme des Saxons, l'orgueil des Germains, l'agitation des Slaves.

Pour un congrès international, ces légats des Banques se rassemblaient au boulevard. Le baron Vogt l'expliqua devant la table où il installait Clarisse, tandis que s'empressaient les maîtres d'hôtel. On tentait d'établir un syndicat général des ingénieurs et des capitalistes qui mettrait en valeur les terres d'Afrique, en appliquant au total du sol vierge les inventions suprêmes de l'agronomie, de la mécanique et de l'automobilisme, aidées par la main-d'œuvre pénale de toutes les nations européennes. Là se rencontraient donc, en attendant l'inauguration du lendemain, les plus savants des ingénieurs civils et militaires, les fils des milliardaires illustres, quelques explorateurs, des chimistes, .

des géologues, des criminologistes, des officiers
de marine et plusieurs représentants des ambassades.

De savoir que sûrement l'intelligence animait
ces jeunes Américains, ces Espagnols nerveux
et nobles, les autres, et que peut-être, à la
suite de leurs pensées, un monde nouveau allait
fleurir qui guiderait au bonheur des nations,
notre amie se laissa davantage séduire. Ils se
groupaient par tables, en s'indiquant leurs
places avec des mains fines. Ils causèrent heureusement. Leur science se parait de sourires
et de joies. Clarisse pensait que les forces des
races, à se rejoindre ainsi, en vue d'une seule
œuvre civilisatrice, après les barbaries des
siècles, devaient sentir une ivresse d'épousailles
dont resplendissaient les figures de ces héros
intellectuels. Tant marcha son imagination, que,
restée seule dans sa chambre où l'avait recon-
duite Vogt, le repas fini, elle ne se délaçait
point, ignorant encore si elle ne descendrait
pas, afin de les voir et de les suivre à travers
les splendeurs nocturnes de la ville.

Il en fut ainsi. Rieuse et honteuse, elle gagna
le hall. Autour de la fontaine lumineuse jaillissant rose, jaillissant verte, jaillissant bleue, elle
les retrouva qui achevaient d'approfondir leurs
sympathies mutuelles. Les grands Américains
montraient leurs dents, les yeux slaves dansaient
dans les visages barbus, les Espagnols souriaient
en considérant les joyaux de leurs bagues, les
Italiens gesticulaient. L'actrice passa.

— Belle femme! cria un Russe.
— Et fine, jugea l'Espagnol.
— Malicieuse, oh! murmura le Yankee.
— Et quelle âme dans les yeux! soupira
l'Italien.
— Les qualités de toutes les femmes.
— L'éclat du teint, admira le Saxon.
— La souplesse du corps, désira le Slave.
— La volupté de l'odeur, flaira l'Andalou.
— La câlinerie du geste, espéra le Vénitien...
— C'est la France où, depuis vingt siècles,
se rencontrent et se fondent en un seul type les
séductions des races venues de tous les cieux.
— Le cœur terrestre où accourut palpiter le
sang des migrations humaines.
— Où chantèrent les Gaulois.
— Où les Romains construisirent.
— Où les Germains bravèrent les aigles.
— Où les Goths coururent en criant.
— Où les Huns moururent.
— Où les Arabes s'arrêtèrent.
— Où les Vikings violèrent les fleuves.
— Oh! comme ces baisers successifs, ce
baiser total de l'humanité féconda, de nos beau-
tés différentes, une seule forme.
— La France!
Ils se regardèrent.
— Je crois que nos ancêtres vivent dans cette
chair.

— Ils appellent.
— Suivons nos pères.

Ils rirent. Ainsi que les paroles des prophètes
bibliques, les feux des cigares brasillaient à
leurs lèvres. Clarisse les sentit à ses trousses,
pensant à tout ce qu'elle représentait pour eux
et qu'elle n'imaginait point jusqu'alors. Les
ruées des peuples historiques traversant les
plaines de sa terre originale l'avaient donc
engendrée telle qu'elle pût plaire à leur descendance.

Aux miroirs des boutiques, elle s'aperçut
svelte, la taille étroite, la croupe solide dans
une robe collante de drap bleu, les cheveux
noirs et drus sous le chapeau de coquelicots
ombrant la clarté de son profil. Elle se reconnut
le corps des femmes celtes, le teint scandinave,
le cheveu d'Andalousie, le nez sémitique et
l'œil un peu bridé propre aux races jaunes.

— Madame...
Le Russe saluait, enfonçant son regard au
fond du regard timide.
— Nous ignorons Paris; si vous consentiez à
nous dire le chemin...

Ils l'entouraient. La barbe russe dansait en or
autour du sourire. L'œil allemand insistait en
lueur bleue plus bleue de l'éclat électrique
dardé par les lampadaires. Les phrases de l'Italien chantaient mollement, et la main nerveuse
de l'Espagnol frôlait la hanche qui frissonna.
Elle répondit mal. Pouvait-elle répondre? Son
esprit évoquait la barque où ces deux jeunes
vikings se dressaient avec leurs casques aux
ailes de mouette, et beaux, comme maintenant,
pour refouler la Seine de l'éperon de leur barque.

En une voiture, elle fut pressée par la vigueur
de leurs bras, mordue aux lèvres par la cruauté
de leur désir, tandis qu'aux vasistas les splendeurs électriques de Paris s'encadraient successivement. La ville posait aux vitres ses mille
visages de nuit brillante, ses colonnades, ses
enseignes de feu éventé, ses troupeaux de courtisanes rousses, sa foule masculine aux tiares
noires, comme si tant de regards eussent souhaité voir jouer l'amour des races autour de la
race. Dans les coupés croisant celui de Clarisse,
les faces curieuses l'examinèrent, donnèrent de
la honte et du triomphe à son âme.

Sans comprendre la faiblesse qui l'avait mise
aux mains luxurieuses de ces hommes, elle
ne la regrettait pas. Les ondes voluptueuses
secouaient sa chair. Sa gorge s'oppressait entre les
mains des mâles silencieux. Certaines minutes,
elle se révoltait du sort qui la soumettait sou-
dainement aux caprices de ces étrangers; à la
seconde suivante, elle remerciait le ciel qui lui
offrait d'abord cette sensation merveilleuse de
se sentir chérie par des corps vigoureux, des
esprits hautains, des mains savantes. Les cheveux limpides des Américains lui caressaient
doucement les joues. Des paroles inopportunes

e gâtaient point le plaisir délicat de l'heure.

Les voitures entrèrent au porche d'une maison
alatiale, où les bras à lumières éclairaient des
ortes de miroirs et des murs de porphyre.
lle retrouva les Russes, les Espagnols, l'Italien.
n ascenseur de verre les éleva sans bruit.
lle souriait, inquiète et confiante, successivement. Ils promettaient les luxes d'une fête, les
ucculences d'un souper et les joies de l'amour.
es lèvres fouillèrent les barbes odorantes ; elle
ffrit sa gorge aux frôlements énervés, et ses
eux aux rires de faunes.

En haut, les pilastres drapés de soie soute-
aient un plafond de fleurs naturelles dont, ici
t là, neigeaient quelques pétales jusque sur le
arquet de céramique représentant une eau
gitée par le sillage de poissons divers. Des fem-
es jolies, en toilettes de bal, ou en simples
uniques d'étoffes brodées, se dispersaient der-
ière les colonnes, entraînaient au flot de leurs
hevelures répandues, ou au son de leurs rires,
es hommes joyeux. Les cloisons des salles
taient des hautes volières, pleines des jacasseries
'oiseaux qui voletaient d'arbuste fleuri en
rbuste fleuri. Des chats noirs s'assouplissaient
n bondissant. Après, ce fut une rotonde dont la
oupole reposait sur sept pilastres de cristal
rismatique aux chapiteaux d'argent. Et les
eurs décomposées aux arêtes de ces colonnes
rapaient l'espace, les femmes, les hommes
ndus dans les sept couleurs mères. De la
usique lointaine sourdait des murs. Clarisse
ut à coup se trouva sur un balcon qui domi-
ait Paris et la nuit. Elle reconnut le fleuve se
ourbant entre les faces aux yeux roses des
aisons, les palais des rois, les tours pointues,
a colossale nef de Notre-Dame lançant, avec sa
èche, au ciel, la prière et le désir humains.
es rumeurs de vie couvrirent la voix des eaux
ù trempait la réflexion vacillante des lumières,
laives d'or, glaives de sang.

Clarisse s'accouda.

— J'aime, chanta l'Italien, près d'elle, votre
hevelure noire ainsi que le mystère des ori-
nes. Elle m'impressionne comme si je foulais
a terre qui supporta les premières marches
es hordes ancestrales. Et c'était sans doute
ne nuit pareille à celle-ci, avec le rêve obscur,
hez les chefs, d'une beauté pareille à celle
e cette ville, au bout des étapes et des siècles.
on cœur s'endolorit à vous espérer.

La courtisane sentit délicieusement souffrir
n cœur oppressé, et le souffle qu'exhalait sa
ouche lui laissait de la béatitude.

— Je désire vos yeux mahométans, balbutia
a fièvre de l'Espagnol. Il semble qu'au centre
e vos pupilles danse la mauresque aimée par
a victoire de mes aïeux. Le désir enfle dans ma
hair étroite ; mes os crient, et ma morsure
apprête à saigner vos lèvres, avec la même
ie que devait ressentir l'Abencérage à la pour-

suite de la déroute ennemie. Je veux triompher
de vous, et vous tenir sanglotante sous ma force
qui vous envahirait.

Clarisse eut une peur curieuse ; elle haleta,
cachant son visage derrière ses doigts séparés.
Elle imagina les vierges réfugiées dans l'église
que violait le vainqueur aux mains rouges. Et
ce fut une attente inavouable. Mais un des
Américains murmura :

— Votre visage un peu pâle, c'est la joie du
but inscrit sur la craie des falaises inconnues,
après les pentes de la mer. Vos mains imitent
le vol oblique des mouettes par-dessus la vague ;
et mon étreinte prétend saisir la forme de la
contrée nouvelle dont les merveilles empliront
mon souvenir, au départ... Le long des eaux,
votre image mènera mon périple autour de la
terre, afin qu'elle soit rendue, par notre effort,
semblable à la noblesse de votre beauté.

Clarisse ne se détourna point des lèvres qui
prenaient l'empreinte de son corps pour les
temps de la mémoire. Orgueilleusement, elle
crut que son souvenir deviendrait le type de
toutes les formes architecturales surgies aux continents vierges après le passage des colonisa-
teurs ; et elle ne résistait pas aux mains savantes
qui dévêtaient sa gorge, qui exhumaient ses bras
de leurs gaines, qui montraient à l'ombre de la
ville l'éclat de cette nudité...

— Ah ! ah ! ricanait le Russe qui l'empoigna
en criant, qui la jeta sur les fourrures d'une
tente aussitôt close : ah ! ah ! le rire de tes paupières bridées répète la joie des cavaliers hun-
niques repoussant le sol occidental sous le galop
de leurs montures poilues. Tes paupières appartiennent à mon baiser et ton corps à mon délire,
depuis l'époque où les Attilas nous emmenèrent
hors des tentes, vers la douceur de ton ciel, la
nubilité de ses vierges et l'or de ses basiliques.
Je vautrerai sur toi l'instinct de ma race et de
mon amour qui souhaite la liberté de tes cou-
tumes, je féconderai l'idéal de ta pensée faite
avec toutes les pensées du monde venues au giron
timide de tes aïeules ..

Sous cette force, l'amante, qui pantelait, ne
sut plus lequel des peuples cherchait sa bouche
meurtrie et saluait son hoquet de plaisir...

Plus tard, elle soupa, le regard ivre, dans la
salle aux pilastres de cristal, aux murs de volières bruyantes, parmi d'autres femmes dont
les paupières battues, le rire saigneux, et les
gorges humides, marquaient un bonheur récent.
Les hommes buvaient. Six filles nues appor-
tèrent en un plat d'argent une vierge aux formes
impeccables qu'on applaudit avant de la livrer
à un cynocéphale. Les fruits fondaient sur la
langue. Des breuvages de glace et d'alcool dimi-
nuèrent dans les hanaps. Les lumières oscil-
laient avec les roses, les violettes, les lys des
guirlandes. Vers l'aurore, et parce que les convives se déclarèrent fourbus, on lâcha sur les

oupeuses une horde de coltineurs aux poitrines musclées.

XVI

Dans sa loge, après la représentation, Clarisse enlevait son maquillage avec de petites touffes de coton qu'elle jetait ensuite, plâtreuses, noircies, rosées, dans une corbeille d'argent. Jusqu'à la ceinture, elle était nue, toute pudeur omise, dans la joie sincère du triomphe ; car elle venait de faire accueillir, par le public gouailleur du boulevard, une œuvre de beauté tragique et grotesque où se mêlent, comme dans le réel, le trivial et le sublime. Pour la première fois, les amateurs de théâtre avaient admis cette vérité double, contraire à la convention et aux artifices implantés. Et c'était une énorme difficulté vaincue à force d'art, d'entrain, de science, par notre comédienne.

Maintenant, gamine dodue, à la souplesse déliée, Clarisse sortait de son travestissement. Autour d'elle étaient tombés les atours épais de la jeune maritorne qu'elle avait voulu paraître. Sur la table de cristal gisait la grosse perruque blonde. Entre les flacons de vermeil et les boîtes d'émail bleu, elle avait d'abord déposé les sachets qui, durant le dernier acte, avaient, au bord du corsage, haussé les deux fortes opales de ses seins parfaits. Ensuite elle ôtait la fausse bouffissure des joues que sa virtuosité de peintre avait merveilleusement rendue, comme le papillotement blond de cils qui, par nature, étaient noirs et acérés. Nous regrettions atrocement qu'elle détruisit à petits coups d'ouate ce portrait surprenant d'une gouje entrevue, le printemps passé, au sein d'une taverne hollandaise dans la géante et fumeuse Amsterdam. Mais nous admirions que ce rire d'oréade se dépouillât des fards, que la malice de ces lèvres et la sagacité de ces regards ressuscitassent enfin. Partagés entre le regret de l'image qu'elle effaçait et notre désir de celle qui renaissait, nous haletions tour à tour d'angoisse et de plaisir, nous ses anciens amants qui l'avions possédée tantôt menteuse, tantôt véridique, également victorieuse de nos volontés.

Soudain, elle constata notre belle émotion et se prit à rire, ce qui fit sauter les joyaux vivants de sa poitrine :

— Vous m'aimez ! cria-t-elle ! Ah ! comme vous m'aimez en cet instant !... De vos cœurs battants s'échappent des ondes sonores intenses qui s'éploient et viennent successivement émouvoir ma nuque, mon échine, mes flancs. La musique de votre passion pénètre ma chair qui en frémit toute et qui sonne aussi. Oh ! j'ai des carillons de fête en moi, sonneurs d'allégresse ! Ah ! que je fis bien de vous céder à tous, et comme il est délicieux d'être ainsi désirée, non par un brutal instinct tout neuf, mais par des souvenirs délicats et travaillés, où je m'augmente de toutes vos illusions et de toutes vos indulgences. Certainement, à cette heure, l'harmonie de vos âmes me souhaite entière avec les faces différentes que chacun a chéries de moi. Il me semble que je suis une de ces divinités orientales à quatre visages, à quatre corps unis, et que j'ai, par leur entremise, créé dans vos esprits quatre vies mémorables de ma volupté... Ne le pensez-vous pas aussi ?

Elle nouait sa chevelure en nous consultant de l'œil. Nous nous plaisions à voir le creux de son dos enfantin, et la blancheur blonde de la peau derrière quoi se jouaient gracieusement ses minces omoplates. Tous quatre, nous savourions les regrets de nos lèvres qui gardaient le goût de cet épiderme limpide. Tous quatre, nous réglions le geste de nos mains qui se creusaient comme à l'heure ancienne de saisir les hanches dures de Clarisse et ses jambes désinvoltes. Et nous demeurions sans répondre autrement que par nos sourires tristes d'avoir trop vieilli...

Les murs en miroirs reflétaient nos postures de faunes engainés dans les étuis de nos fracs noirs et de nos plastrons blancs. Alors la voix de Gustave Feuchère osa se lamenter :

— Ah ! Clarisse, Clarisse..., gémissait-il, quand vous m'avez trahi... combien j'ai souffert... Vraiment, les lois naturelles sont injustes, puisqu'elles nous donnent de si puissantes passions pour qu'elles soient méconnues au gré de vos caprices. J'avais consacré tous mes vœux, Clarisse, dans le temple de votre beauté. J'étais sûr que mon avenir ne pourrait exister sans appartenir à votre parfum. Vous avez exilé mon être de votre destin. Cependant, je n'étais pas hideux, ni pauvre, ni tout à fait sot. Depuis, j'ai su gouverner les hommes. Des femmes très courtisées me furent dociles, et les statues byzantines que je découvre me valent la jalousie des collectionneurs opulents, aussi bien que la vénération des historiens et des archéologues. Vous-même, Clarisse, m'aviez convié à solliciter vos bonnes grâces, et nous fûmes, six semaines, à Sorrente, un couple de légende inoubliable... Pourquoi m'avez-vous abandonné ?

Clarisse cambrait sur sa taille un corsage de moire feu. Elle le fixa, puis se lissa les hanches, tandis que l'habilleuse serrait les soies du cordon. Feuchère s'essuyait le front avec un petit mouchoir égyptien brodé en vert et en pourpre. Au bout de leurs fils bruns, les ampoules électriques qui pendaient au plafond, qui s'accrochaient aux cadres des glaces, le regardaient attentivement, semblait-il, de leurs lueurs radieuses. Mais Clarisse lui tournait le dos, car elle emmaillottait soigneusement sa gorge dans les dentelles de sa chemise. Toutefois, elle se justifiait :

— Plutôt que de vous plaindre, mon cher, vous devriez me louer de vous avoir trahi.

uelle absurdité ce rêve de passer ensemble des
nnées roucoulantes. Nous valons mieux que ça
un et l'autre, si je ne me trompe. Mais nous
oyez-vous béats et, les yeux cernés, marchant
maiu dans la main à travers les blés mûrs,
omme sur les chromos des colporteurs? Non,
ai oublié, grâce au ciel, tous les refrains des
omances et tous les ridicules des romans à sen-
bleries. Sans quoi nous aurions pris du ventre
nsemble au coin du feu et vous seriez en passe
e vous alourdir définitivement auprès d'une
botine à cheveux rouges évincée par vos pa-
nts, méprisée par vos collègues des Colonies,
, pour cela, grincheuse. Il y aurait des jours
i vous vous étonneriez d'avoir choisi cette com-
naison. Fatalement, je me serais faite avare et
ourgeoise, comme mes pareilles qui se retirént.
aurais voulu être reçue chez ceux-ci ou ceux-
, et, pour y réussir, je vous aurai rendu la vie
énible. Vous vous seriez moqué de moi, qui
usse eu ce besoin bête de considération parti-
lier aux femmes de mon espèce lorsqu'elles
écartent des aventures... Voyons, ne préférez-
ous point que je sois encore Clarisse, cette Classe qui vient d'augmenter l'intelligence du pu-
lic, malgré lui, par un effort digne de vous qui
'inspirez, et de moi qui me façonne à l'image
e vos pensées précieuses?... Ne vaut-il pas
ieux que vous preniez plaisir à me contem-
er, toujours variable et nouvelle, plutôt que
me voir, en robe de chambre, et la bouche
eine, inspecter les comptes de votre cuisi-
ier? Ce n'est pas cette image que je tiens à lais-
r de moi dans la mémoire de mes amis.

Voilà pour ce qui me concerne. Mais vous,
ombien ma trahison a servi! Au lendemain
e ma fugue, il vous fallut chercher une conso-
trice. Laure de Sigritz vous aima. Vous avez
aisi ce corps sans égal, que l'on compare à
eux de toutes les Vénus et de toutes les Dianes
n apparat dans les musées. Vous avez parcouru
n sa société fastueuse tous les champs de courses
t les plages célèbres, les restaurants réputés
es capitales européennes. Elle vous apprit,
ous me le confessez, les subtiles jouissances de
a gourmandise, et le goût mystérieux des pier-
eries que, moi, j'ignore. Vos yeux et votre bou-
he se sont, par elle, enrichi de sensations pro-
ondes et compliquées. Votre être s'est accru
'idées que j'eusse été incapable de lui fournir.
otre esprit est passé d'une classe dans une
utre. Que diriez-vous du collégien qui s'éterni-
erait en quatrième jusqu'à sa majorité? Répon-
ez, Feuchère!

Il haussa les épaules et se contenta de mur-
urer :

— Avec vous, Clarisse, j'étais en philosophie,
ous le savez bien!... D'ailleurs, votre départ a
éterminé le sort malheureux de toutes mes
mours. Vous aviez tari toutes les sources de ma
onfiance. Je suis devenu jaloux. Je fatiguai

Laure de mes soupçons. Pour se venger, à son
tour, elle me trompa !

— Heureusement!... s'écria notre Clarisse,
puisque libéré d'elle, vous avez pu suivre en ses
voyages l'incomparable Arabella Simpson de
qui vous reçûtes l'empreinte, à tel point que
votre bouche se désole avec le retroussis de son
rictus amer célèbre auprès de ses adorateurs, et
si merveilleusement fixé par Whistler sur la
toile visible chez l'oncle Jonathan Simpson, dans
sa galerie de Baltimore. Vouliez-vous devenir,
aux côtés de Laure, un vieux Gargantua vorace,
et rongé par les acides intérieurs de la dyspepsie ;
ou un rastaquouère vain des bagues chargeant
ses doigts, des cabochons insérés aux bouton-
nières de sa chemise, ou, tout au plus, l'un de
ces maniaques hypnotisés par les lueurs des
émeraudes, des rubis, des saphirs, des turquoises et des brillants qu'ils versent indéfiniment d'une sébille en une autre, en s'extasiant
et en s'épuisant. La grande Simpson vous a
montré les ruelles chinoises et les icebergs du
Groenland. Elle vous a traîné aux chutes du
Zambèse et sous les tentes en feutre des Sibé-
riens. Au bruit de ses baisers vous avez salué
toutes les faces de la planète, toutes les grimaces
de l'humanité souffrante ou triomphante. Vous
avez dormi dans son étreinte de grande liane
blonde et divinement parfumée. Vos os ont cra-
qué sous sa vigueur yankee que l'on estime
extraordinaire. Les millions mêmes, vous les
avez maniés pour fonder le trust des Bourses,
pendant que vous fûtes mariés ensemble. Vous
avez pu jauger la satisfaction d'imposer aux
princes mêmes le sceptre de l'argent, d'empêcher la guerre des Balkans par la menace de
vouer à la baisse les valeurs des puissances
alliées. Aurais-je pu vous doter de ces forces,
aurais-je pu faire tourner la terre sous vos yeux,
comme le fit cette femme énergique... et superbe, au reste..., ingrat !

Feuchère roulait son foulard égyptien en une
boule résillée de vert et de pourpre. Il gémit :

— Mais Arabella, vous le savez bien, exigea
le divorce, parce que je ne supportais pas ses
colères affreuses, parce qu'un jour je dus la
frapper pour lui interdire d'insulter mon père
davantage... Et je fus abandonné encore...

— Heureusement!... riposta le rire de Clarisse... puisque, dans la suite, vous avez acquis
ce petit chef-d'œuvre de la gouape parisienne,
Lucie Duval. Oh ! l'impertinente princesse des
trottins ! Son nez à l'évent, ses yeux mutins, ses
cheveux en turban, et ses réparties si finement
crapuleuses apprennent aux élites des nations
l'âme vivace de nos faubourgs monstrueux.
Heureusement! puisqu'il n'est pas d'homme qui
ne vous envie le vice de cette fillette outrecui-
dante et obscène, également alerte dans sa robe
de turf en drap rouge, dans ses fourreaux de
dentelles, au théâtre, dans sa trotteuse et son

veston de marche aux matins du Bois, dans sa
nudité pleine et menue quand elle s'amuse à
jaillir sur la scène de l'Olympia, aux feux des
projections aveuglantes. Elle vous a tout enseigné du rire que communique la flamme d'une
enfance ardente, impudente et naïve, d'une
ignorance téméraire, que rien n'étonne, d'une
faconde valeureuse que rien ne tarit, d'un instinct curieux qui reste toujours insatiable de
luxure... Avec Lucie Duval, vous avez vécu, sur
le tard, les péchés fiévreux des adolescences perverties, ce raffinement que vous avaient interdit
votre éducation sévère et la surveillance de vos
parents alarmés. Je n'étais plus assez fillette,
mon cher, pour vous donner de tels plaisirs,
moi! Convenez-en, voyons!

La tête dans les mains, Feuchère grogna :

— Mais vous ne savez donc pas, Clarisse, que
Lucie est partie avec le clown anglais du Nouveau-Cirque!

Notre amie se retourna, car elle avait fini de
passer sur son jupon de moire feu une robe de
mousseline grise et pailletée de nacre, qui semblait une brume pleine d'étoiles obscurcies. Notre
amie leva son index pointu, fit une bouche en
O, battit des paupières et déclara :

— Heureusement!... Puisque je serai pour
toi, ce soir, mon Gusto, une Clarisse autre que
celle de Sorrente, une Clarisse neuve et toutefois
ancienne, une Clarisse plus succulente, mais encore acide, une amante plus complète et autant
joueuse..., une peau plus fine et une chair aussi
ferme, une volupté plus savante et non moins
acharnée, une étreinte vigoureuse avec ces longs
baisers languides sur la terrasse d'autrefois que
la lune faisait somptueuse et funéraire. Heureusement! Puisque nous avons vécu bien plus
de vies que notre vie, puisque tu as vécu bien
plus d'amours que notre amour, et qu'avec ces
vies et ces amours différents nous allons enrichir une heure de joie neuve... Heureusement!...

Elle levait toujours son index pointu devant
Feuchère de qui la figure rajeunissait, de qui
les rides s'effaçaient, de qui toute l'âme ivre
s'élançait du visage.

XVII

Avec une foi de charbonnier, Daniel Keller
croit en la Science. D'ailleurs, elle seule le
munit de sa fortune. Les dix-sept mille francs
d'un maigre patrimoine lui permirent à peine
de tenter les premières expériences qui le devaient rendre illustre, à la longue, encore qu'il
se moquât de la gloire et lui préférât les bénéfices chiffrés, moins par avarice que par besoin
d'obtenir en bon mathématicien des résultats
positifs, exacts et définitivement incalculables.
Ses inventions relatives aux accumulateurs

d'énergie; celles qui concernent la simplification
des moteurs; celles particulières à la fabrication des teintures pour les soies; celles aussi
qui modifièrent totalement les principes de la
raffinerie du sucre; enfin les dernières, la téléphonie sans fil et la transmission des vibrations
colorées par les ondes hertziennes, ne le contentèrent point avant de lui avoir procuré, chacune, son million.

Cet argent sert à construire de belles demeures
devant les paysages qu'aime Daniel Keller, à les
meubler et à les parer, selon le caractère de la
contrée ambiante. Il en possède ainsi qui dominent les bois et les vallées des Vosges, d'autres
qui contemplent les nuances changeantes des
Alpes; celles-ci contiennent dans leurs fenêtres,
toute la mer monotone et brillante; celles-là se
dressent au bas de l'Estérel, devant les rivages
factices et charmants de la Méditerranée. C'est
une collection de paysages, avec, pour en jouir,
de belles maisons confortables et adroitement
orientées.

La nature est exacte et sincère. Il l'aime donc
avec toute l'ardeur de son unique passion.

Souvent, après dîner, il se décide, à l'heure
des trains rapides, pour le Nord, l'Est, l'Ouest ou
le Sud. Il se jette dans l'express, sans oublier
les livres et les dossiers de sa préoccupation
essentielle. Au matin, il se trouve dans la villa
choisie, pour goûter certaines apparences véritables du monde; et il y travaille, un jour, deux
jours, avant de rentrer aux laboratoires.

Le connaissant tel, peu de femmes cherchent
à l'émouvoir autrement que par la volupté. Néanmoins, Clarisse, par esprit de contradiction, s'efforça de le séduire sentimentalement. Il l'avait
prise, un jour, moyennant dix louis, l'avait savourée, puis oubliée comme la cigarette dont le
fumeur tira deux bouffées excellentes, et qui la
jeta de peur que la troisième lui parût inférieure. Bientôt il s'étonna de voir l'actrice arriver dans ses domiciles, à l'improviste. Au moyen
de quelles astuces découvrait-elle le local qu'entre ses travaux, il venait, la plupart du temps,
de gagner, sans dessein préalable et selon les
caprices de ses curiosités ? Simple et grave, elle
expliquait les mille recherches qu'elle avait
faites pour réussir à le joindre. « Pourquoi cette
chasse ? » demandait-il, tout en tripotant des
sulfures et des acétates au fond des bocaux,
tout en examinant les calculs de ses ingénieurs
et de ses contremaîtres. « Parce que!... »répondait-elle. Et, elle demeurait là malicieuse, droite,
sur ses jambes cambrées. La longue redingote
de drap gris qui la cache, elle l'ôtait pour
éblouir par sa courte jupe en soie rose à reflets
d'argent, par son corset de moire pareille qui
colle une guimpe de linon blanc à ses seins délicieux et à son cou fragile.

Il haussait les épaules et persévérait dans ses
besognes, égayé de l'aventure, mais sans douter

ue son admiratrice ne vînt pour lui coûter quelque peu. De ce qu'elle ne lui demandait rien, il concluait seulement à une manœuvre retorse : pour le moins, Clarisse désirait qu'on la dît maîtresse d'un membre de l'Institut. Cela, sans doute, affriolait les jeunes Brésiliens et les provinciaux que ruinent les charmes de Paris. Lui en gaussait, indulgent et narquois. D'ailleurs, elle prit garde de ne pas nuire. Sage, sur une chaise, ses pieds longs croisés, ses mains feuilletant une brochure de théâtre, elle ne l'incommodait guère. Il allait, venait, crayonnait des chiffres, traçait des courbes, bousculait des fioles fumantes, réglait l'émission du gaz sous les cornues où cuisaient des liquides, inoculait des cobayes récalcitrants, dessinait au tableau noir des bielles et des poulies, des engrenages, des pistons et des volants ; il comparait ses thermomètres et ses tubes de verre où les cultures de microbes évoluent, sans que la visiteuse le détournât de son attention. Elle finit par lui être une sorte d'agréable statue dans les vastes pièces claires aux murs de faïence, aux planchers de béton, aux cheminées en hotte pour les cuisinages de la sorcellerie scientifique.

Au bout d'un mois, Keller se surprit à choisir le laboratoire qu'elle préférait, avant d'entreprendre un travail à longue échéance. Loin de résister à cette détermination instinctive, il se la confirma, satisfait de ressentir au début de sa vieillesse une telle poussée d'illusion. Ce lui prouvait le bon état de ses facultés, la jeunesse relative de son cerveau. « Je jouirai de cette erreur délicate, se promit-il. Je sais que c'est une erreur. Cette fille vénale et luxurieuse ne saurait me chérir. Mais il est plaisant d'observer jusqu'à quelle limite la sentimentalité de mes aïeules agit encore sur mon système nerveux amendé trente ans, et tour à tour par mon positivisme brutal, par mon scepticisme solide. Ah ! Grand'-mères ! grand'mères ! fiancées de l'Empire en robe à la grecque qui effeuilliez les marguerites dans les mains des hussards de la garde ; fiancées de la Restauration qui serriez au clair de lune les doigts des beaux poitrinaires romantiques, de vos Rollas et de vos Olympios ; fiancée du Second Empire qui te promenas, joyeuse et languissante, sous ton ombrelle à manche court en espérant la venue du terrible cocodès habitué de la Loge Infernale ! Ah ! grand'mères ! Ah ! ma mère ! drôle de résurrection que vous tentez dans mon cœur algébrique où quelques particules de votre sang langoureux affluent par hasard ensemble. Ah ! perfides grand'mères, vous vous jouez de votre fils ! »

Se raillant ainsi lui-même, il toléra que Clarisse prît des habitudes, eût son fauteuil, qu'elle abandonnât sur la table, en se retirant, le drame en trois actes à demi lus, soucieuse de continuer, le lendemain, son étude littéraire. Il approuva que la visiteuse arrangeât ses cheveux

en ailes de corbeau et les amenât sur les sourcils, afin d'ombrer ses yeux d'aiglonne bridés, cernés en bleu. Il rit de cette bouche tordue à la suite des rictus de passion, jadis, dans la couche des camarades. Il admira ce visage qui décorait le lieu comme un symbole statuaire du Déterminisme sans cesse prouvé, là, selon les révélations des Forces mystérieuses que la science évoque dans les éprouvettes, sous la cloche pneumatique, et dans les ballons de verre, berceaux des gaz subtils ou puissants, créateurs ou destructeurs.

— Mon enfant, lui disait-il, je vous vois venir. Grâce à l'opiniâtreté et à quelque docilité, l'espoir de m'insinuer l'amour grandit en vous. Prenez garde. Vous vous abusez. Mon être se plaît uniquement aux vérités nettes, dépourvues d'ambages. La femme est fallacieuse, si nous en croyons les échos de la vie, des poèmes et des romans. J'ai l'âme trop éprise d'exactitude pour aimer les subterfuges, les nuances, les oscillations psychologiques classées dans la catégorie que l'on nomme amour. En supposant que vous adoriez mon caractère d'ours et ma stature germanique, mon poil roux et gris, vous l'adorerez pour vous, pour vous enorgueillir de mes attentions, vous jouer de ma vigueur, ou vous réfugier sous ma protection. Vous ne m'aimerez pas pour moi-même. Or la science ne se contente point d'à-peu-près. Il lui faut du solide, du lumineux, du définitif. Vénérant la science, je ne puis me suffire de courtiser une femme ondoyante et diverse... Croyez-moi, Clarisse. Vous perdez votre temps.

Elle s'obstinait. D'ailleurs, son effort ne fut pas sans gain. Aux moments de repos, Daniel admit qu'elle lui lût à haute voix Eschyle, Gœthe, Shakespeare, Ibsen. Et ce fut une petite victoire féminine, une défaite masculine dont il s'étonna, plus heureux d'être vraiment séduit par l'erreur exquise.

Il cherchait à extraire de ce minéral nommé pechblende parce qu'il est noir comme la poix, le mystérieux radium qui éclaire et qui chauffe à distance, dont les émanations traversent les corps à la manière des rayons X, révèlent sur la plaque sensible les secrets contenus dans les matières opaques. Le prix excessif des manipulations nécessaires à la naissance chimique du nouveau métal empêchant qu'on en puisse tirer parti, Daniel Keller se proposa de le fabriquer à bas prix et d'illuminer, de chauffer les logis sans user de pétrole, d'électricité ni de houille. Un fragment de radium placé sur un guéridon subviendrait à tous les besoins que l'homme demande au feu d'assouvir. Avant les recherches de Daniel Keller, le kilogramme de radium eût coûté cinquante millions. Lui, comptait, si sa théorie se trouvait juste, le vendre au détaillant, cinquante ou soixante francs.

Il peina. Dans les moments de repos, Clarisse

lui jouait la comédie. Un jour qu'elle achevait de dire assez parfaitement le troisième acte de l'*Indiscret*, et comme ils discutaient sur la question de savoir si l'auteur égale Molière, ainsi que le soutiennent les critiques, depuis le triomphe de cette pièce, Daniel Keller poussa brusquement un cri, se rua sur ses appareils. Un mot banal, indifférent, surgi dans la discussion, avait, par assonance, évoqué un terme de chimie, puis toute une loi dont les conséquences apparurent, lucides et créatrices.

Deux jours il s'acharna. Clarisse ne le quittait point.

— Sans votre présence et vos propos, répétait-il, jamais cette association d'idées ne se fût produite, jamais je n'aurais pensé au corollaire sauveur de la loi. Merci, Clarisse. Je vous devrai sans doute ma plus singulière découverte. Ah! que n'ai-je le cœur jeune, mon cœur de vingt ans. Pourquoi l'amour n'est-il pas une science exacte, comme la mathématique, la physique, la chimie? Je m'éprendrais de vous, Clarisse, je le jure... Votre face maline symbolise assez la puissance des Forces connues et inconnues qui régissent les mouvements des mondes.

— S'il en est d'inconnues et qui commandent à celles connues, répliqua-t-elle, une fois, comment pourriez-vous, Daniel, apprécier l'exactitude de leurs rapports? Et ce ne serait point là cet à-peu-près dont audacieusement vous déclarez exempte la science?

Il se moqua sans condescendre à discuter. Les soucis suprêmes de son labeur l'accaparaient. Enfin, à l'aube du troisième jour, dans un creuset précieusement ouvert brilla soudain le bloc de radium. Une sorte de soleil nickelé resplendit. Sa lumière acérée divergea dans tous les sens, réduisit les feux électriques à l'état de timides lueurs blanchâtres. Dans une carafe sise à un mètre du bloc, l'eau commença à s'échauffer, de fumer, de chanter. Une tiédeur émana qui chauffait le froid du matin brumeux. Daniel Keller riait, gambadait tel un cyclope ivre. Il saisit ce foyer solide dans ses tenailles et le plaça sur le plateau d'une machine complexe, afin d'apprendre ce que la combustion et l'éclairage coûtaient de poids au métal radieux. Enfin, il sortit, emmenant Clarisse qu'il enfiévrait de sa joie folle, qu'il épuisa par les exigences de sa volupté, jusqu'au moment du festin réparateur.

Vers le crépuscule ils rentrèrent au laboratoire. Le poids du radium n'avait pas diminué, bien qu'il eût éclairé six heures le local, bien qu'il eût chauffé dix litres d'eau et les eût réduits en vapeur. Le métal miraculeux fournissait la lumière et la chaleur sans se modifier.

— C'est impossible! hurlait Daniel Keller. C'est impossible! Le principe de Carnot, le principe fondamental serait nié par le phénomène!... Se peut-il qu'il n'y ait pas de déperdition chimique?... Il n'y en a pas. Toutes les notions

sont bouleversées, Clarisse!... Clarisse!... Qui donc es-tu, toi qui devinais tout à l'heure que la science, que notre science n'était sans doute, elle aussi, qu'un à-peu-près comme l'Amour, Clarisse!... Et voilà que ce bloc de lumière m'ordonne de te croire, Clarisse! Il m'ordonne de t'aimer, Clarisse! Car la vérité n'est pas!... Clarisse! L'illusion, la seule illusion ravit en extase les êtres humbles, les âmes confiantes et les intelligences orgueilleuses!... Ah! Clarisse, voici qu'en moi je sens battre mon cœur d'enfant, et qu'à mes yeux je sens poindre les larmes suppliantes de l'amour... Clarisse!

Il se retourna vers elle, les mains tendues. Mais à la lumière intense et cruelle, il aperçut la figure réelle de la courtisane et non celle que fardait jusqu'alors l'ombre du jour faible. Cette face était monstrueuse, piquée de mille points multicolores, pareils à ceux des peintres impressionnistes. Toutes ces tares de la peau bossuaient et creusaient la figure, la balafraient. Rien ne dissimulait plus des mille hideurs minuscules que l'épiderme recèle, qu'il cache sous le glacis opaque de ses écailles à l'ordinaire invisibles. L'ardente clarté du métal miraculeux rendait diaphane cette sorte de vernis et toutes les taches de l'organisme apparaissaient brutalement. Hideuse et véritable, l'amante avait perdu le prestige de la beauté.

La fin de l'illusion fut aussi la fin de ce bref amour.

XVIII

Ayant ouvert une baignoire de petit théâtre que je nous croyais réservée, à Clarisse et à moi, il m'étonna d'y voir blottie une grande fille, trop somptueuse, selon les modes de cet automne où les femmes prennent l'apparence des châtelaines de la Restauration avec corsages à créneaux, larges manches doublées d'hermine, chapeaux empanachés de style troubadour, apogée du pire goût imaginable, en un temps de mobilier et d'ustensiles xviii° siècle. Je m'excusai devant l'intruse qui m'avoua se trouver là par audace. La galanterie m'obligeait à lui dire de demeurer. Fort vite elle me prit au mot; et j'en fus gêné. Je me promis de lui laisser la place à la fin du second acte que nous venions voir expressément pour noter une observation relative aux besognes dramatiques de Clarisse. Prudent, je m'installai dans l'ombre du box pourpre, en arrière.

Mais la jeune femme ne l'entendit pas ainsi. Comme le rideau tardait à découvrir la scène, elle se tourna gracieusement de mon côté, non sans mettre en valeur ses épaules à peine voilées de tulle et de paillettes, puis les mouvements d'une gorge opulente; elle exhalait des parfums téméraires tout à la fois artificiels et naturels. Souriant de ses yeux tristes, dans un visage mièvre, elle chuchota vers mon amie:

— Vous êtes bien Clarisse Gaby. Oui, n'est-ce pas?... Quand l'ouvreuse vous a nommée comme la personne pour qui la baignoire était retenue, j'ai pensé à vous faire cette surprise... Vous ne me reconnaissez pas? Vous m'avez peu vue, d'ailleurs; pendant quelques répétitions. J'accompagnais Marcel Aubin, votre ami, et j'ai joué dans *Cymbeline,* avec vous. Vous vous souvenez, maintenant?... Oh! non : je ne suis pas restée au théâtre. J'ai si peu cultivé mes talents... La vie, n'est-ce pas?... On ne la mène pas où l'on veut... Oh! non!... Alors... Pourtant, aujourd'hui, si vous me recommandiez aux critiques, à des auteurs... Je désire me remettre au travail, parce que, vous comprenez, ça m'ennuie de traîner comme ça. Mon ami n'est plus jeune; il a ses enfants, ses affaires; je ne le vois pas tous les jours. Du reste, il n'est pas folichon, le pauvre homme; et je ne veux pas risquer ma situation, en le trompant.

Entre chaque phrase, elle geignait, à l'exemple des solliciteuses qui vont vous raconter la kyrielle de leurs infortunes.

Clarisse s'apprêtait à subir l'ordinaire lamentation. D'ailleurs, le nom de Marcel Aubin nous rappelait toute une histoire confuse à quoi cette fille jadis avait été mêlée. Prudemment, je fis à ce passé quelques allusions timides.

— Ah! vous savez?... Marcel vous a tout dit peut-être... Tout de même, quand je l'ai rencontré sur le boulevard un après-midi, au mois d'août, en pleine morte-saison, il y a cinq ans, je n'étais pas fière. On avait congédié les deux tiers de l'atelier, moi comprise. Chez les couturières, chez les modistes on n'embauchait plus personne. Pas moyen de gagner dix sous. Avec trois francs par jour, on n'amasse pas des économies, même quand on travaille depuis deux ans. J'avais mangé les trente-huit francs de ma tirelire, pendant le mois de juillet. Autant dire que je cherchais, ce jour-là, quelqu'un qui m'offrît la côtelette. J'avais déjeuné tout juste d'un café au lait et d'une livre de pain. Devant trois termes au propriétaire pour ma chambre du sixième, je me demandais si la concierge me laisserait rentrer chez moi puisque mes quatre meubles étaient saisis. Et, pourtant, bien que j'eusse mon brevet supérieur, je m'étais bravement mise à la couture, plutôt que de chercher un emploi chimérique d'institutrice, après la mort de mon mari tué à vingt-trois ans par la fièvre typhoïde. Croyez-vous!... J'étais là, seule au monde, sur le trottoir du Gymnase, par une chaleur torride. J'escortais machinalement le tonneau ªd'arrosage qui côtoyait le ruisseau, pour attraper un peu de fraîcheur. Déjà j'avais hésité à suivre plusieurs de ces hommes qui sont rasés de près, qui ont des chemises de flanelle nouées par des cordelettes à glands, des pantalons de toile collante et des vestons courts, qui savent flairer les femmes, qui les abordent et les entraînent chez eux, avant de les vendre aux tenancières de province et de l'étranger. Autant cela, sans doute... Du moins, je mangerais, je boirais, je serais proprement vêtue... Marcel sortit du Gymnase à l'instant où j'allais revenir vers le banc sur lequel, la cigarette pendillant à la lèvre ignoble, m'attendait, narquois, le dernier tentateur. Il y a des pressentiments. Pourquoi devinai-je que cet honnête passant me sauverait? Pourquoi lui barrai-je presque la route de son fiacre? Pourquoi lui ai-je souri en chargeant de toute ma détresse le sourire, en l'implorant de mes regards, en lui promettant aussi de mon œil malin les fruits de ma poitrine sans corset, les ondes de ma chevelure, à demi détachée, tout mon corps veuf, affamé de pain et de caresses?... Pourquoi eus-je le courage de murmurer : « Monsieur, je suis très malheureuse, monsieur! » Trois heures plus tard j'étais sa maîtresse chérie, rassasiée, déjà certaine de le garder le soir. Nos baisers s'étaient plu. Mes propos pouvaient le convaincre. Il me plaignait d'être un peu savante et très misérable aussi.

Deux ans de félicité! Marcel eut la fantaisie de me faire débuter au théâtre; il prétendit me restituer ainsi l'indépendance. Car les grands intérêts traditionnels de sa famille le destinaient au mariage. Son père mourut. Il hérita d'une industrie aux bénéfices assez précaires. Une de ses parentes lointaines lui était fiancée depuis leur première communion. Les fortunes unies pouvaient seules conserver la vie prospère aux usines dont le rendement salariait plusieurs centaines de travailleurs. Il estima devoir continuer à leur faire gagner le pain. Quel déchirement, pour moi! Inutile de vous le décrire. Tant de livres ont dépeint les angoisses de la maîtresse qui doit céder un amant adoré aux exigences des noces légitimes, aux obligations du vieux contrat social. Pour les riches, la vertu n'est-elle pas d'accroître leurs industries fécondes dont profite un peu le labeur des pauvres. Du moins ce fut ainsi que s'excusa Marcel Aubin. Je l'ai cru, je le crois encore sincère. Malgré de si bonnes raisons, mon amour n'abdiquait pas. Mes sanglots l'émurent. Bien que la date du mariage approchât, il me rejoignait au Bois de Boulogne, secrètement; nous nous promenions de longues heures; il me consolait de son mieux.

Un matin, je me désolais davantage, en lui reprochant son ingratitude. Au bout de l'allée verte et solitaire une jeune fille apparut, toute simple dans sa robe tailleur, sous un feutre brun sans fleurs ni rubans. D'abord, je ne fis guère attention. Une vieille dame sèche près d'elle marchait. Soudain, Marcel les salua, puis, elles vinrent à nous : « Voici donc l'amie de qui je vous parle toujours et qui souffre. Ma chère Louisa, cette jeune fille est Mlle Irène Brignon,

ma fiancée. Elle désire vous connaître... » Il
me présentait ainsi. Je voulus disparaître aussitôt ; mais Irène me saluait de sa douce voix
délicieuse ; elle s'empressait de m'apprendre
qu'elle n'ignorait rien, qu'elle comprenait ma
douleur, qu'elle réclamait mon pardon. J'écla-
tais en pleurs. Elle m'embrassa.

Je ne saurais vous dire quelles bonnes,
quelles tendres, quelles admirables paroles elle
me prodigua. Mille fois elle me remercia d'avoir
donné du bonheur à Marcel. « Puisqu'il vous
aime, je vous aime ! Soyez-en assurée ! Comment
ne le seriez-vous pas en nous voyant ici, tous
deux, à vos côtés. Nous avons franchement convenu de répudier, en ce qui vous concerne, les
préjugés communs. Marcel entend ne pas me
mentir. Votre chagrin le peinait trop. Il a bien
fallu qu'il me le confiât. Vous me semblez telle
qu'il vous a vue. Je prétends vous chérir aussi.
D'abord, comme il vous l'a promis, vous allez
devenir notre voisine dans la maison d'école, si
vous consentez de prendre la charge d'éduquer
mes jeunes ouvrières, de leur enseigner le goût
de la musique, de la lecture, de la tenue ; si
vous consentez à visiter les mères de famille, à
vous enquérir de leurs besoins, à nous les faire
connaître. Vous serez l'inspectrice de l'infir-
merie et des logements. Vous collaborerez à
votre œuvre... Ne vaut-il pas mieux qu'il n'y
ait, entre nous trois, ni mystère, ni gêne, ni
mensonge. Je m'efforcerai de vous faire récu-
pérer un peu du bonheur que le sort vous dé-
robe avec une injustice trop fatale. » Je la regardais pendant son discours. Elle semblait plus
jolie que moi, de visage. Irène a de grands yeux
pensifs, un profil élégant, pâle, des manières
impériales et gaies cependant. Moi, je suis mieux
faite. J'ai des hanches et des seins. Elle manque
de relief. C'était là mon unique avantage. Je
prévoyais bien qu'elle resterait la maîtresse, la
souveraine, moi, l'esclave.

Moi, l'esclave... Saisissez-vous ?... Appréciez-
vous la nuance psychologique ?... Moi, l'esclave...

Elle répéta cinq ou six fois ces deux mots à
voix basse, car les acteurs marivaudaient en
scène ; et, cependant, je ne rejetais d'instinct
en arrière, comme si l'expression haineuse de
sa physionomie me pouvait atteindre aussi bien
qu'un geste violent. Les cavernes de ses yeux
fulguraient. Ses mauvaises dents jaunes faisaient
siffler les sons. Ses lèvres blanches craquaient
en tremblant. Le frisson secoua ses épaules, ré-
trécit les seins dans le corsage bas où ils pointaient sous les paillettes du tulle noir. Cette
femme incarnait le concept de la rancune en-
vieuse. Elle nous répugna fort.

— Cette idée-là, reprit-elle, n'a pu céder.
Irène agit à mon égard mieux qu'une sœur,
après leur mariage. Chaque jour, elle me venait
prendre dans mon chalet ; nous parcourions ensemble les prairies de la ferme-modèle ; elle

m'intéressait à ses élevages de pouliches, à sa
laiterie, à ses coqs. Souvent, elle faisait, avec
moi, la classe pour les grandes filles ; et, m'em-
brassait devant elles, en me remerciant de mes
leçons. Elle s'arrangea de telle sorte que les
quinze cents ouvriers, leurs femmes, leurs pro-
génitures me considéraient ainsi que la véritable
propriétaire du domaine et des usines. A ma
fête, ils m'apportaient le bouquet aux sons de la
fanfare. Marcel et sa femme détenaient seuls une
telle déférence. J'étais priée aux festins du château. Les Aubin me traitaient en, parente, tous
deux. Irène commandait les mêmes robes pour
elle et pour moi... A plusieurs reprises, il advint qu'elle laissa paraître des mouvements de
jalousie quand Marcel rappelait le temps d'autrefois. J'acquis la conviction du mal qu'elle
avait à se vaincre quand elle s'imposait de me
chérir. Elle s'évertuait par esprit de justice.
Mais je suis sûre que cela la torturait cette pré-
venance de toutes les minutes à mon égard... J'aurais dû l'en aimer davantage, n'est-ce pas ?...
Eh bien ! non. A mesure que je perçais le fond
de son caractère, à mesure que je l'entrevoyais
plus belle d'abnégation, de courage moral,
d'équité, mon cœur la haïssait plus. Mon infériorité d'âme et de corps me semblait ridicule
et odieuse. Il n'était pas un de ses actes qui ne
m'abaissât, qui ne m'avilît. Moi, j'adorais
Marcel comme une bête, avec un besoin de
rapt, de propriété inexorable, sans partage.
Elle m'eût laissé, je le parie, coucher avec lui,
sans colère... oui, sans colère... par compassion !

Par compassion !... Et lui aussi, Marcel, par
compassion, il m'eût reprise, le soir que je m'offris, palpitante, dans l'espoir de la trahir, elle,
la vertu, elle, le pardon, elle, la noblesse !...
dans l'espoir de rendre tout ce sublime ridicule
pour les domestiques, les palefreniers et les
concierges. Il m'eût reprise, je vous dis... Ah !
je vis trop que c'était, dans ses yeux, la pitié,
l'injurieuse pitié... « Et ta femme, murmurai-
je, ne crains-tu pas qu'elle le sache... » Mes
dents claquèrent en attendant la réponse qui fut
telle que je la redoutais : « Irène permet que
tu sois moins malheureuse, si notre étreinte
peut apaiser ton chagrin !... »

Oui... oui, Marcel a dit ça... Il l'a dit... J'ai
perdu la tête. Je me suis enfuie après l'avoir
accablé d'injures ; lui, elle, leur bonté, leur
pitié... Je me suis enfuie dans la nuit du parc,
j'ai couru jusqu'à ce que mes jambes se fussent
refusées. Alors, tombée là, sur les pierres de la
route, j'ai griffé, j'ai mordu la terre qui porte
de pareilles vertus, de si odieuses vertus...

Voilà pourquoi je les ai quittés ; voilà pourquoi j'acceptai d'être entretenue à Paris par
l'oncle d'Irène, un vieillard de soixante ans, qui
me proposa la chose, pendant son séjour chez
sa nièce, à l'époque de la chasse.

Eh bien ! je demeure certaine aujourd'hui

qu'Irène, en me traitant de cette façon, prévoyait la fin, et qu'elle se débarrasserait de moi... Quand je repasse tous les épisodes de cette longue aventure, j'analyse nettement le machiavélisme de sa pensée. Elle a su merveilleusement exaspérer ma bassesse, me rendre ainsi vile aux yeux de Marcel, le guérir à jamais de notre amour, et me chasser pour toujours de leur présence. « Moi, professait-elle en souriant de sa bouche froide, moi je suis une épouse et non une amante : le mariage, c'est bien autre chose que l'amour. On s'unit pour la race, pour la descendance, pour l'esprit de l'avenir que les enfants accroîtront; on ne s'unit pas pour assouvir seulement deux humbles bestialités ivres, et qui ronflent, côte à côte, après s'être repues. Le mariage, ma chère, a d'autres visées que l'amour, d'autres visées, vraiment, oh! oni, d'autres visées, ma chère Louisa. » Eût-elle ainsi parlé si elle n'eût souhaité me ravaler à mon rôle de concubine... hein! je vous le demande?... Alors j'ai préféré être carrément une catin entretenue par un vieillard, que je ranime deux fois la semaine, par le secours de mes caresses vicieuses...

Toutefois, si vous pouviez me recommander à la critique, je rentrerais bien au théâtre, cet hiver...

Après de vagues promesses, nous la quittâmes, tandis qu'elle examinait soigneusement à travers sa lorgnette un couple scandaleux en apparat dans une avant-scène.

XIX

— Vous vous souvenez, m'a dit Clarisse, du temps où je jouais le rôle de Suzanne dans cet ancien drame allemand traduit par le comte Ambrosius, et qui fit alors se pâmer l'esprit des lettrés curieux. Je représentais la chaste fille de la Bible que deux vieillards copiés dans les tableaux d'Albert Dürer courtisaient, puis surprenaient au bain. J'avais, dit-on, ressuscité toute l'Allemagne gothique, celle des filles grasses et mal chevelues, souriant aux grands reîtres hirsutes, vêtus de maillots mi-partie, armés de hallebardes hautes, coiffés de toquets à créneaux et à plumes lourdes. Vous vous souvenez peut-être qu'à la fin du troisième acte, je poignardais l'un de mes séducteurs, après avoir eu la patience d'attendre qu'il eût terminé sa tirade de trois cents lignes, et lui avoir répliqué en cinquante-sept autres d'une logique meurtrière, mais impeccable. C'est en récitant ce couplet-là que j'obtenais les bravos les plus chaleureux de l'assistance. Presque vautrée sur ma victime, je lui servais, en murmurant, de façon spéciale et cruelle, les motifs de ma vengeance. Je mêlais la douceur de ma voix virginale (ah! quel miracle d'art!) à la perfidie de la dialec-

tique rédigée par le poète saxon, et aux accents de la férocité la plus tragique, une férocité de Walkyrie dans le carnage.

Une nuit, comme je me précipitais dans ma loge, après la scène, l'habilleuse me remit un coffret et une carte. D'abord, j'ouvris le coffret. Au milieu d'un écrin en velours violet, une dague ancienne était maintenue. Sa lame ébréchée, sa garde en fer quasi brut, ne valaient point qu'on les admirât; mais, dans le pommeau, un ovale était poli selon l'apparence d'un petit miroir sur lequel, peinture ou reflet, la grimace atroce d'un homme agonisant, demeurait. Aussi me parut-il que le bruni du manche gardait encore l'image d'un dernier spasme affreux. L'habilleuse détourna brusquement la tête, et gémit, tant elle eut le sens de percevoir un exact reflet de la mort. A considérer attentivement l'objet, je découvris des éraillures multiples faites autrefois comme pour gratter le vernis. Nulle d'elles n'avait profondément atteint l'étrange image ; et, sans rien révéler du métal lui-même, tous les creux des rayures demeuraient empreintes des nuances propres à la surface peinte. Je me demanderai toujours par quels procédés l'artisan d'alors avait pu si parfaitement incorporer son émail et sa couleur dans l'épaisseur du fer. Email ou couleur? Il était impossible de définir la nature du pigment appliqué sur l'arme et profondément allié à sa masse.

Lorsqu'il se fit présenter, l'auteur du cadeau, le baron Schomberg ne put me renseigner mieux. En vain, il avait, par toute l'Europe, interrogé les orfèvres, les brunisseurs d'armes et les miniaturistes. Personne n'avait compris le secret d'autrefois. Lui-même en restait ébahi depuis vingt ans, date où, dans l'héritage d'un parent, il avait découvert une caisse d'outils usés, parmi lesquels, ce poignard.

En plaisantant, il imagina que, percée de cette lame, la victime d'un meurtre inique, avait, à l'instant de mourir, prié le Ciel de rendre ineffaçable son reflet sur l'ovale poli du manche. Ainsi le reproche éternel eût poursuivi les maîtres successifs de cette arme, afin qu'ils s'inquiétassent d'apprendre les circonstances dans lesquelles le moribond avait été frappé, afin qu'ils connussent l'assassin et le fissent châtier. Nous sourîmes ensemble de cette légende impromptue, tout en vantant l'art et le goût suprême du miniaturiste qui avait su représenter sur ce morceau de fer et dans un ovale exigu non le portrait, mais le reflet au miroir, d'un visage convulsif, barbu de gris, et d'une bouche tordue dans un rictus effroyable. Ensuite, comme il seyait, je fus complaisante, en matière de gratitude, pour ce grand Westphalien musclé qui avait déjà dépassé la cinquantaine, et qui payait, en donnant un bibelot si précieux, la comédie de l'aimer quelques heures avec science.

Il me plut par son affabilité, sa bonhomie, ses galanteries de jadis, son esprit caustique, son élégance de clubman, son entrain de vieux marcheur, qui avait débuté aux saisons d'Ems, de Bade et de Hombourg, puis était venu rire à Paris, parmi les viveurs du café Anglais, les amis de Coral Pearl et d'Hortense Schneider, avant de se battre contre ses convives à Gravelotte et à Sedan. Il était venu les retrouver, quatre ans plus tard, un hiver, dans les jardins de Monte-Carlo, de Menton, de Nice. Pardonné, il les avait suivis jusque dans les boudoirs du quartier Monceau et l'enceinte du pesage. Sa verve était fertile tantôt en anecdotes drôlatiques, tantôt en histoires attendrissantes de bon Germain sentimental dont le cœur avait souffert maintes fois, après les trahisons des coquettes. Un jeu de parfums rares, délicats, expédiés des Asies et des Amériques, imprégnait d'odeurs sa belle barbe poivre et sel étalée en éventail, sur ses redingotes exemplaires. La même odeur ennoblissait la couronne de cheveux qui ornait l'ivoire net de son crâne carré. Nu, c'était, soudain vivant, un de ces marbres qui symbolisent les tritons dans les parcs. Il en avait le ventre fort, le poil rude et gris, les muscles saillants. J'aimais me croire aux bras d'un Glaucus, quand il me caressait de ses mains lubriques, et de ses regards sournois. Et si la souplesse virtuose de mon corps lui rendait les élans de la jeunesse, il m'amusait d'être la triomphatrice des paresses que la maturité impose aux amants les plus valeureux. Victorieuse du temps qui me restituait une force jeune dans une chair vieillie, je m'en-orgueillissais avec sagesse, car, de toutes mes satisfactions, je n'en sais pas de meilleure que celle qui résulte de ces succès. Je m'estime alors supérieure aux lois de la nature. Ma vanité s'enivre. Aussi, j'ai toujours accueilli l'amour des hommes un peu lassés par les ans.

Le baron de Schomberg avait un neveu qui, cette année-là, terminait à Paris ses études de langue française. Long et roide adolescent, sanglé dans ses vestons militaires, où pointaient les os maigres de l'âge ingrat, il s'efforçait en vain de me séduire. Inutilement, il soignait pour moi les petits furoncles de son front avec des pommades soufrées. Inutilement, il séparait, par une raie très droite, le chanvre de ses cheveux ternes. Je n'étais pas tentée par les grâces de ce jeune squelette mal engainé dans une peau fertile en éruptions. Son cou malingre, il le cachait sous des carcans de toile brillante. Guillaume composait des strophes à l'imitation de Wieland ; les notait en musique et les jouait au piano. Il ne manquait pas d'un assez joli talent poétique et musical. Quand il avait difficilement obtenu de me faire entendre quelque mélodie, il arrachait du pupitre le manuscrit de la romance, le jetait au feu : « Car ce n'est que pour vous seule ! » soupirait-il en mouvant ses yeux de faïence pâle derrière ses cils blonds... Et il semblait croire qu'il me sacrifiait ainsi une œuvre digne de la gloire éternelle...

J'eus une après-midi la bonté de subir sa fièvre dans une chambre obscure où ses ébats de squelette mélancolique me furent moins évidents A travers la peau, ses côtes me froissèrent la poitrine, et sa fougue inexperte ne s'accorda point le loisir d'éveiller en moi quelque désir nerveux. Égoïste et rapide, il m'oublia pour lui-même. Je déteste ces impolitesses, même lorsqu'elles sont les conséquences de la sottise. Je lui gardai rancune. Il n'eut plus de moi que des paroles banales, tandis que son oncle acquérait chaque jour mes sympathies et mes faveurs nouvelles.

Jaloux et douloureux, Guillaume essaya d'une vengeance. Tour à tour, il examinait la dague ancienne exposée sur une table et la figure du baron. Bientôt, il réussit à se faire demander la raison de ce manège. Après s'être défendu de répondre nettement afin de se procurer un peu d'inquiétude, il déclara que son oncle ressemblait, surtout dans l'instant du rire, à la face en agonie sur l'ovale du pommeau. De fait, si mon protecteur se livrait franchement à la joie que suscitaient mes ripostes et mes contes, il lui arrivait, renversant la tête, de montrer une barbe identique à celle de la miniature, et la même crispation de la lèvre inférieure, sous les dents découvertes.

Nous prîmes d'abord la chose en plaisanterie. Cependant Guillaume insista. Muni d'une loupe, il indiquait d'autres similitudes : l'évasure des narines, les rides de la patte d'oie, celle du front également dégarni. Puis il soutint que l'effigie devrait être celle d'un Schomberg peut-être assassiné jadis, et dont la veuve ou la fille avait ainsi fait peindre l'angoisse pour léguer à la descendance mâle le devoir de venger le mort. Au bout d'une semaine, Guillaume reçut d'Allemagne la traduction d'une chronique relatant cet attentat commis, en effet, au printemps de 1427, sur Frédérik, seigneur de Schomberg, par Luitpold de Wittingratz, son neveu...

Son neveu... Etait-ce une menace ? Les yeux de faïence pâle me l'affirmaient derrière les cils blonds. Je haussai les épaules et ne cessai plus de railler cet adolescent romantique, ce pauvre et long squelette morose qui s'asseyait en croisant ses fémurs et ses tibias démesurés, pour souffrir près de nos joies. Je notai que le baron n'osait pas l'évincer complètement.

Néanmoins, chaque soir, aux feux de la rampe, quand, Suzanne blonde, je récitais les cinquante-sept lignes logiques et spécieuses du drame, avant de poignarder mon séducteur, je voyais, dans le manche de la dague, se convulser l'angoisse affreuse de mon vieil amant. La ressemblance me paraissait toujours plus singulière et frappante... Et alors...

Je ne sais si vous avez eu parfois le désir absurde, d'ailleurs tout platonique, d'étrangler une fillette dont le cou fragile, menu, blanc et faible semble créé pour périr. Je ne sais si vous avez eu la sensation de tuer certains êtres enfants ou vieillards, dont le corps chétif semble déjà condamné. Une rage sourde vous impatiente. On dirait que la nature vous conseille mystérieusement d'achever sa besogne, de hâter la désagrégation qu'elle désigne. Et c'est une étrange malice qui vous naît, qui vous hante, de broyer un cou frêle entre vos doigts vigoureux, de trancher une gorge flétrie, molle et laide, que dissimule mal une barbe grise. On a la curiosité intense, démente, de voir comment serait, ensuite, le cadavre. Evidemment, nous ne cédons pas. L'atavisme seul, l'instinct des ancêtres anthropoïdes a soudain crié en nous; il nous possède. Plusieurs fois, j'ai senti sa puissance m'envahir... Eh bien, il arriva que, dans mon lit, lorsque le baron Schomberg, s'assoupissait, la tête en l'air, le cou nu et mou, j'éprouvais le désir bizarre de planter la dague entre les fanons couperosés de cette gorge confiante et ronflante...

Si bien que le dégoût me vint de lui, de moi, de ce désir abject et bestial ; si bien que je le congédiai, tout à coup, et que j'installai un superbe goujat dans mon domicile, à sa place, pour l'en écarter, lui, son neveu, de manière définitive.

Ainsi fut vengé Guillaume, grâce à des moyens indépendants de nos volontés, et toutefois engendrés par la ressemblance qu'il inventa entre la miniature de la dague et la face de son oncle... Il y a des successions inexplicables de faits dans nos vies esclaves... Esclaves de quoi ?... sourit Clarisse en montrant le ciel vide.

Et elle pirouettait.

XX

— Lors de ma dernière tournée aux Etats-Unis, nous dit Clarisse, je jouai le rôle de la Vierge dans une ville de l'Utah, car, pour les spectateurs de la semaine sainte, le poète Philibert a rimé le drame du Golgotha non sans y faire paraître quelques lueurs de son génie intermittent. Sous mon voile bleu et dans ma robe jaune, je ressuscitai de mon mieux la forme humaine en qui le Verbe s'élabora. Je crois que je fus vraiment la Marie, la Maïa, l'Apparence du Monde, la beauté dont s'instruisent les arts, sources de la Connaissance : le Savoir émane des intelligences contemplatives. Je crois que je fus vraiment aussi la Mère du Rédempteur, de l'idée qui enseigna le renoncement aux luttes vaines de l'émulation, aux cupidités inutiles pour nos désirs toujours renaissants, aux ambitions pitoyables, à l'amour douloureux et vil. Je fus aussi la Mère de l'idée qui enseigna la pitié fraternelle et la puissance des faiblesses associées contre la force. Enfin, jamais je n'eus moins de modestie, jamais je n'admis plus d'illusions sur mon talent que durant ces quelques soirs où je récitai les alexandrins de Philibert à la lumière intense de la rampe électrique dans cet immense théâtre circulaire de pierre crue, de hautes colonnes ioniques, de gradins encombrés par le grouillement des femmes sveltes, hardies et somptueuses, des hommes colossaux, glabres, selon la mode antique.

Comme d'habitude, je reçus nombre de lettres, élogieuses pour la plupart. De braves cow-boys, un clergyman m'offrirent épistolairement leur main. De vieilles dames m'écrivirent des injures pudiques et pieuses. Entre autres missives, l'une me surprit. Quatre jeunes filles signataires de la même épître m'y demandaient de leur apprendre les attitudes et les allures de la Vierge. Une phrase discrète me laissait entendre que l'on rémunérerait largement mes leçons de maintien évangélique. Ce qui me décida. Une sorte de gouvernante vint d'abord traiter la question d'argent avec mon habilleuse. Le chèque fut important. Je pus me débarrasser, grâce à cette somme, d'un visiteur trop jaloux, qui pourvoyait à mes luxes. Puis, je me rendis chez mes élèves.

Grandes, couronnées de chevelures fauves, avec des mines d'archanges préraphaélites, elles me reçurent dans une maison claire, dans un salon laqué de gris et luisant comme les panneaux d'une noble voiture. Des lis, des arums. des lilas blancs jaillissaient de jardinières en nickel posées le long des plinthes, sur les quatre faces de la pièce. Aux murs, des copies excellentes rappelaient les meilleurs tableaux des vieux maîtres italiens où figure la Mère de Dieu. Les demoiselles me louèrent de m'être inspirée de ces souvenirs esthétiques pour incarner mon personnage. Je leur décomposai le mécanisme de mes gestes et les valeurs de mes mouvements. Nous parlâmes ensuite d'exégèse. Nul livre curieux en cette matière ne leur était inconnu. Elles m'en lurent des passages. Nous tombâmes d'accord sur la parité d'Isis et de Marie, d'Horus et de Jésus. Elles me firent voir des médailles égyptiennes retrouvées dans les tombeaux. L'épouse d'Osiris y paraissait avec l'enfant sacré dans les bras, et, foulant du pied le serpent qui entoure le globe de l'univers. Des médailles chrétiennes juxtaposées nous offrirent la même image consacrée à la Mère du Sauveur. Mes disciples ne me parurent point bigotes. Leur élégance était ingénieuse pour accommoder aux modes parisiennes les robes d'archanges, plates du haut, évasées par le bas, gonflées de gros plis roides, serrées dans des ceintures orange, azur, jade et argent. A la econde séance, elles me favorisèrent d'un quatuor de violons. Ce fut une illusion du paradis, que d'admirer ces quatre grandes filles penchant leur joue fraîche contre les coffres sonores, et suscitant de sons purs, doux, infinis.

Je n'eus jamais compris le motif de se déguiser en Saintes Vierges, et d'imiter adroitement mes postures de théâtre si pendant un repos de la troisième leçon, leur babil ne m'eût vanté l'éloquence d'un homme dont la parole attirait les foules de l'Utah, convertissait les incrédules, annonçait la seconde naissance du Messie. Si chaude et sincère était sa voix qu'on pleurait à l'entendre, disaient-elles. Sa foi manifeste illuminait son corps. Il prodiguait l'espoir d'une ère sans péchés, sans crimes, sans guerres, sans chagrins, sans douleurs. Il assurait qu'avant dix mois, le Christ allait revenir au monde, conçu dans un sein vierge, et qu'il rachèterait les hommes définitivement. L'apôtre interprétait les prophéties de l'Apocalypse et certifiait savamment l'exactitude de sa bonne nouvelle. Mes quatre élèves m'expliquèrent à l'envi ce dogme, d'ailleurs spécieux et magnifique, autant que je puis me le rappeler. Une brochure que j'ai malheureusement perdue contenait le sommaire de ces prêches.

Alors, je devinai qu'elles espéraient, chacune, être la vierge en qui se formerait le corps du Second Christ. Voilà pourquoi elles apprenaient de moi les apparences de Marie. Les journaux commentaient le prochain passage de l'apôtre dans la ville à la date voisine de celle où commencerait la période de dix mois prédite pour la gestation du dieu. Peut-être mes disciples imaginèrent-elles que l'une, au moins, concevrait du feu de la parole bientôt proférée par l'annonciateur.

Cette naïveté me déconcerta. Notez que toutes quatre quittaient à peine ces universités de jeunes filles fort en honneur là-bas et où elles s'étaient assimilé les connaissances grecques, latines, historiques, philosophiques, scientifiques de nos licenciés. L'enseignement y est pratique, positif. Comment n'avait-il pas détruit le germe de fanatisme dans ces jolies filles coquettes et riches, assez frivoles au surplus. Certes, elles me répétaient qu'elles avaient eu, pour le Christ, un amour fou de pensionnaires jusqu'aux « mauvaises pensées » inclusivement. Mais cette phase de fièvre puérile devait être close.

Cependant, je me gardai, sinon de sourire, au moins de les dissuader, par un respect de brave cabotine devant une telle innocence. Je songeai comment William Penn, qui fonda Philadelphie, et donna leur première constitution aux immigrants, était quaker, comment il amena, d'Angleterre en Pennsylvanie, des familles persécutées pour leurs opinions religieuses, et comment le goût de la controverse mystique qui fait pulluler aujourd'hui les sectes protestantes dans le pays yankee, n'est qu'un legs direct. L'atavisme conseillait sans doute ces quatre amies. Elles cédaient, en outre, à l'esprit chrétien de la province avivé par le voisinage des Mormons, lesquels attendent aussi le Second Messie.

Son annonciateur arriva tout à coup, mais non avant que la ville n'eût été bariolée d'affiches polychromes où paradait l'effigie d'un homme mince qui s'était fait une tête de Christ à cheveux longs, et à barbe roussâtre. L'après-midi, nous nous trouvâmes dix mille personnes réunies dans un pré clos de murs où se tenait le meeting. Les jeunes filles étaient les plus nombreuses dans l'assistance. Beaucoup portaient même des voiles bleus pareils à celui de la Vierge, par-dessus leurs toilettes de ville. Alors je supputai l'énorme influence acquise par l'orateur sur toute l'adolescence féminine de l'Utah. Laides ou jolies, communes ou distinguées, fagotées ou superbes, ces âmes puériles attendaient que l'Esprit le fécondât par la parole sacrée de l'apôtre. Dix mille nuques frémirent, se penchèrent, se haussèrent; un murmure passa toutes les bouches. Jonathan Down gravissait les marches de l'estrade. Imperturbable et prolixe, il se lamenta, s'attendrit, pleura, frappa violemment le garde-fou de son tréteau, montra le ciel, menaça la terre, embrassa d'un large geste cette gracieuse assemblée, larmoyante et frissonnante, jura, la droite étendue vers les voiles bleus de ses auditrices, enfin termina dans un éclat de vociférations extraordinaires tandis qu'il semblait vouloir, en sautillant, s'envoler, les mains vers le zénith. Ce qui parut mettre en triomphe les demoiselles incombrables. Mes quatre disciples mouillaient de larmes leurs corsages d'archanges, tout en souriant d'extase.

Bien que j'entende médiocrement l'anglais, je n'avais pas troublé leur ivresse en les interrogeant sur le sens du discours. Je me contentai de les suivre quand on défila pour serrer la main du prédicateur, d'après l'usage américain. Dix mille fois, Jonathan Down étreignit les doigts des zélatrices et des zélateurs, en complimentant les plus jolies personnes. Auprès de lui, sur une chaise, se trouvait un sac de voyage entr'ouvert duquel il tirait de petites enveloppes closes pour en faire don aux plus plaisantes. Nul homme n'en reçut. A mon tour, j'eus l'honneur d'avoir les phalanges meurtries dans sa poigne solide, pendant qu'il me félicitait, et me remettait une enveloppe. Les quatre amies avaient chacune la leur. Elles exultaient.

Dehors, elles me traduisirent le texte du prospectus inclus sous ce pli. « Vous avez été choisie par le Seigneur, pour être au nombre des brebis que la Colombe visitera. Tenez votre corps pur et votre âme pure. Car, je vous le dis, en

vérité, celle qui n'aura point préparé son cœur
pour faire accueil au Saint-Esprit, celle-là sera
retranchée du nombre des épouses. » Suivaient
quelques citations des psaumes, et une invitation
à venir conférer en particulier avec Jonathan
Down, à l'hôtel Washington, appartement 12.

Étant dépourvue de foi, je ne me rendis pas
dans l'appartement de l'hôtel Washington. Je me
souciais peu d'être endoctrinée sur la venue
problématique du Second Messie, dont Jonathan
Down se prétendait le Précurseur, le saint Jean-
Baptiste, en quelque sorte. Mes élèves blâmèrent
mon indifférence. Puis elles tentèrent de me
convaincre. A les en croire, cet homme détenait
en lui le souffle de l'Esprit. Il dépendait de sa
volonté qu'il nous fît mères de Dieu. Je me pris
à rire, ce qui fâcha mes grandes jeunes filles;
elles me déclarèrent indécente et frivole,
Française, enfin. Nous nous séparâmes.

Après la représentation du lendemain, un
billet français de ce même Jonathan Down
m'apprit qu'il m'avait trouvée pareille à son
idée la plus haute sur la scène. Sans trop
d'ambages, il me priait, soit de le venir voir à
l'appartement 12, soit de l'appeler chez moi. Je
ne fis ni l'un, ni l'autre. Spontanément, il se
présenta dans mon logis, le matin suivant,
comme je m'essuyais, au sortir de mon tub. Je
résolus d'étonner ce saint personnage en me
montrant à lui dans un déshabillé impudique.
Il n'en fut guère choqué, me salua de la meilleure façon, me saisit les mains, entreprit de
me sermonner dans un langage difficile, déclara
que j'avais tort d'être incrédule comme toutes
les Françaises, que la grâce du Seigneur le possédait, que c'était ineffable, qu'il s'estimait
fermement le Précurseur et le Dépositaire du
Souffle, que, par son œuvre, le nouveau Christ
s'incarnerait, que beaucoup de pieuses femmes,
déjà, s'étaient offertes pour recevoir le Souffle,
et engendrer le Second Messie... Là-dessus, je
consentis à m'apercevoir de la musculature
attrayante propre à Jonathan Down, de ses
grosses lèvres savoureuses, et de sa chevelure
ondulée. Je ris de ce que ses yeux cessaient
d'être ésiastiques pour qu'mander la caresse
de mes formes visibles sous le peignoir de surah
le plus coquin. Aussi me laissai-je bénévole-
ment dispenser le Souffle dans le creux de la
chaise longue. L'apôtre ne ménagea point sa
vigueur, et j'eus tout lieu de le contenter.
Après quoi, je me permis de plaisanter sa litur-
gie qui lui préparait de telles aventures. Mais,
à ma profonde stupéfaction, Jonathan se fâcha.
Il m'injuriait. Il protesta que j'étais indigne de
son approche. Il cria que mon âme n'était pas
moins prostituée que ma chair, et sortit en claquant les portes, non sans m'avoir bousculée
rudement.

Ce n'était pas un farceur, comme je l'avais
pensé, mais un fou dont la démence se commu-

niquait hystériquement aux demoiselles trop
nerveuses; et il en imposait aux simples. Mieux
renseignée, je sus que plusieurs jeunes filles
d'excellentes familles avaient reçu le Souffle
dévotement. L'une était naguère accouchée,
dans le Wyoming, au milieu de cent dames en
prières et prêtes à l'adoration du nouveau-né,
s'il portait le signe, c'est-à-dire si, de sa tête,
une auréole s'irradiait. Malheureusement, le
poupon était une fille.

A quelque temps de là, je me promenais dans
la capitale de l'Utah. J'y rencontrai l'une de
mes quatre élèves. Tout de suite, elle m'annonça
qu'elle plaidait. Son avocat réclamait au Précurseur cent mille dollars de dommages-inté-
rêts, pour offense et séduction irréparables. Le
Dépositaire du Souffle n'avait-il pas voulu, après
une première approche, et sachant la jeune
fille enceinte, obtenir de nouveau les suprêmes
faveurs. A l'avis de ma disciple, cela prouvait
surabondamment l'imposture. Jonathan Down
ne recherchait donc pas l'embrassement des
zélatrices pour créer le Second Messie, mais
pour assouvir un vice; sans quoi, il n'eût pas
exigé une autre étreinte, la première paraissant
fructueuse à souhait. Vindicative, la jeune personne se promettait ardemment de démasquer
le sacrilège. Sur les deux millions de dollars
recueillis auprès des pieuses gens, par l'astuce
et la faconde, Jonathan Down restituerait, du
moins à l'une des victimes, cent mille dollars.
La grande fille à robe d'archange le jurait en se
démenant. Quant à moi, je me tenais les côtes.
Ce que remarquant, elle me tourna le dos, et
sauta dans un tramway trop plein. Il lui fallut
rester debout sur le marchepied. Ainsi regar-
dai-je partir une mère du Nouveau Sauveur,
tandis que les plots crachaient la foudre rose et
livide sous l'énorme véhicule chargé de voyageurs suspendus en grappes à ses balustrades.

Manquant de foi, je n'ai pas enfanté le Second
Messie, quelles qu'aient été mes aptitudes à ce
rôle sacré.

XXI

Micheline, dit Clarisse, est une petite fille qui
travaille dans une maison de couture, rue de la
Paix. C'est elle qui me livre les robes et les
corsages. Je lui donne des billets de théâtre, et
mes chapeaux avant qu'ils soient défraîchis.
Elle me blâma fort, il y a quelque temps, à la
suite d'une représentation qui lui avait déplu,
parce que, selon mon rôle, je plaidais en faveur
des femmes laides, les plus nombreuses, et
demandais, pour elles, les avantages dévolus à
l'homme. Elle me rétorqua fort vivement que
les Parisiennes étaient toutes jolies, que je les
insultais en soupçonnant d'imperfection une
partie d'entre elles. Je me défendis de mon
mieux. Elle répliqua n'étant point convaincue

par mes arguments. Car Micheline possède une logique ferme. Nulle objection ne porte contre sa foi. Imperturbable, elle ne tient compte d'aucun fait s'il lui semble hostile à son opinion. Nous échangeâmes ainsi quelques paroles vives, moi prêchant selon les méthodes positives ; elle ripostant avec des couplets jolis et sentimentaux. La romance éduque véritablement son esprit. Elle lit toutefois des livres, mais elle n'en retient que les descriptions luxurieuses ou les aventures tragiques ; encore cela touche t-il à peine son âme. Le rêve, elle le doit aux « Blés d'or » et à « Tu m'as promis ton baiser pour ce soir ! » Elle a des faiblesses pour la politique injurieuse et diffamatoire, qu'elle estime. Elle croit à la vérité des accusations que consacre la caricature. Son petit cœur généreux bondit d'indignation en lisant les diatribes pour un sou, quand elle ronge, à midi, dans le restaurant de la rue Saint-Honoré, l'os de sa côtelette première. En outre, je crois bien que si M. Santos-Dumont la priait de lui accorder les dernières faveurs, elle n'hésiterait point à lui décerner cette récompense si méritée par tant d'exploits en l'air. Ce dont il faut la louer.

Cependant, Micheline séduit un ami maigre, qui porte de hauts cols rabattus et de toutes petites cravates dans un coulant d'or jaune. Il tousse fréquemment, bien qu'il parle avec audace du temps où il chevaucha, brigadier de chasseurs d'Afrique, par la banlieue de Constantine. Actuellement, il grossoye chez un changeur, aux environs de la Bourse, dans le bureau où son père est caissier. Une fois, j'ai dit à Micheline de me l'amener. Parfois, il me regarde un peu de travers, comme s'il soupçonnait ma vertu et celle de sa petite camarade lorsque je les invite ensemble à la campagne. Micheline hausse les épaules. Elle lui souffle à l'oreille : « Tu t'en fais un sang !... Imbécile... »

Voilà que Micheline est tombée malade. Elle tousse comme son ami. Cela ne m'étonne point, hélas ! Le mal est contagieux qu'il a pris à son retour d'Algérie, pendant notre hiver humide. Ma jeune essayeuse vient de garder la chambre durant un long mois de pluie et de neige. Comme sa dernière lettre m'appelait vers son fauteuil de convalescente, je me mis en route pour un quartier lointain, portant le nom d'un village célèbre dans les vaudevilles de 1840, à cause des joyeuses parties qu'on y faisait. Une machine tonnante, une majestueuse bâtisse de fer, à deux étages, m'emporta, roulant sur les éclairs roses, bleus et livides jaillis au contact des plots. Les façades paraissaient et s'évanouissaient à la file, dans les vitres du tramway. Façades du Paris somptueux, aux six rangs de fenêtres encastrées de pierres grises, d'architectures lourdes ; façades du Paris ancien, aux étroits couloirs, aux murailles nues et pisseuses, aux croisées mal peintes, aux boutiques décolorées, aux flâneurs paresseux ; façades du Paris ouvrier, graves et bourdonnantes, illustrées d'enseignes rouges, bleues, dorées, d'affiches où rient les filles empanachées, vêtues de leurs robes jaunes, vertes, écarlates, tandis qu'elles montrent la liqueur excellente, la lampe non pareille, la bicyclette radieuse, pour les yeux indifférents de la foule hâtive ; façades du Paris neuf, cité surgie sur les terrains lépreux, hier encore couverts de casemates, de bosquets déplumés, de guinguettes en planches, d'étables, de maréchaleries retentissantes, de bouges écroulés. Je descendis devant une demeure toute fraîchement crépie par-dessus la brique. Une bonne odeur de ragoût accompagna la réponse de la concierge, occupée par son fourneau à gaz. Après avoir gravi, jusqu'au troisième palier, d'innombrables marches tournantes, je sonnai chez Micheline. Une grosse dame m'ouvrit, en souriant parmi les mèches argentées de sa coiffure, retenue dans une dentelle noire. Ce fut une petite salle à manger, avec un pot de fougères, sur la table ronde, une suspension de verre bleu et de bronze doré, quatre chaises de noyer contre la tapisserie brune. Au milieu d'une cage sautillait un serin. La dame s'excusait et repoussait dans un coin les découpures de calicot tombées de la machine à coudre. Elle m'expliquait comment son mari, comptable dans un magasin de chaussures, était retenu tout le jour hors du logis. Micheline entra, gentille et pâlie, pendant que sa mère se rasseyait devant la machine et poussait à nouveau, sous l'aiguille rapide, les découpures de calicot roide.

— Maman doit finir de l'ouvrage pressé, puisqu'en ce moment je ne gagne rien... Les appointements de papa garantissent tout juste notre crédit chez l'épicier et le boucher... En plus, il faut économiser pour le terme... Alors, on pique à la machine... C'est toujours ça... vous comprenez... Oh ! nous ne sommes pas dans la gêne. Quant à moi, ajouta-t-elle, tout bas par pudeur, le jour de ma fête, aux étrennes, à Pâques, Léon m'offre mes bottines, mes robes, du beau linge. Il est si prévenant. Me voilà contente d'être guérie, parce que mes parents ne permettent pas qu'il vienne ici. Ils se doutent, mais ils ne veulent pas avoir l'air, les vieux. Ce n'est pas dans leurs idées, quoi ! Je ne veux pas les contrarier non plus, moi ?... Nous allons prendre le thé comme chez vous !...

Elle posa la bouilloire de fer-blanc sur le petit poêle qui ronflait, dans la niche, à droite de la porte. De minuscules étoiles de feu brillaient un instant à la surface de la fonte rougie par le brasier intérieur. Micheline disposa trois verres à pied, trois cuillers bien fourbies et un sucrier de faïence japonaise sur le plateau de laque écorchée. Je l'admirais avec complaisance. Sans corset, dans une blouse de soie noire, les souplesses de son dos creux étaient belles. Très

olte, elle semblait avoir ces quatorze ou quinze
ns qu'annonçaient la jupe courte découvrant
s bottines haut boutonnées contre de minces
hevilles. Ses bras longs, ses mains pâles décri-
aient de gracieuses courbes dans l'espace chaud.
t le poids de sa gorge, précocement développée
ur un corps de fillette, tremblait un peu dans
étoffe glissante du corsage. Elle devina que je
renais plaisir à la désirer, comme se désiraient
s femmes de Lesbos. Elle en sourit avec malice,
ar son petit visage un peu trop large aux pom-
nettes, qui protègent les creux de ses yeux pâ-
llants. Le serin pépia. « Fifi ! » répondait la
ière, sans quitter la pédale de sa machine ni
âcher la bande soumise aux perforations rapi-
es. « Fifi ! »

Saurais-je dire le charme entier de ce modeste
itérieur propre, ciré, lumineux, derrière ses
ideaux blancs. Une atmosphère d'indulgente
ffection, un air de paix sereine baignait ces
eux personnes, l'une gaiement résignée à sa
iche, l'autre joyeuse de se croire chérie, là,
ar la sincérité de sa mère et la sympathie de
a visiteuse. On parlait de la température, des
ramways, de la comédie, des oiseaux en cage,
e Rochefort, et des promenades à Saint-Cloud,
ar les dimanches de printemps. Tout cela sem-
lait admirable à mes hôtesses. Elles se retrou-
aient, s'aimaient dans la nature, dans les inven-
ons des dramaturges, dans les gaietés du serin,
ans l'esprit du pamphlétaire, et dans le goût
irupeux du grog, qui brûla nos lèvres rieuses.
Elle est si franche, ma petite fille ! » laissa
out à coup échapper, à la fin d'une phrase, et
vec un sublime accent d'adoration, la mère,
harmée de ma présence.

L'enfant courut embrasser la grosse dame
mue, et de qui la voix larmoyait.

— Mon Dieu, oui ; je lui pardonne trop parce
u'elle ne me cache rien ! C'est une rusée. Elle
n'a pris par mon faible. Enfin ! qu'elle jouisse
e sa jeunesse à son gré. Sait-on ce qui est bien,
e qui est mal ?...

Micheline étouffa les craintes de sa mère dans
u long baiser. Le serin approuva d'un cri
oquet. Je déplorai que la tuberculose du jeune
ureaucrate travaillât ce beau corps de fille
oluptueuse et bonne. Convenait-il que la mort
auchât ce joli bonheur d'une famille indul-
ente ?

— Alors, votre santé, Micheline ? demandai-
e, angoissée.

Elle éclata de rire, et d'une pichenette en
'air, évinça les mauvais présages.

— Le docteur me permettra de sortir à la fin
u mois. Cependant il voudrait que j'aille au
rand air de la campagne. Mais je ne peux pas.

La machine à coudre faisait du tapage. À la
aveur du bruit, la petite fille murmura, sans
tre entendue de sa mère :

— J'ai un parrain qui propose de me conduire

dans le Midi... Seulement... il a des intentions...
Quand mon père a chômé en automne, c'est lui
qui a payé le terme d'octobre ; mais il m'a obli-
gée à venir prendre l'argent, toute seule, chez
lui... Quoi ? On aurait été saisis. Maman aurait
eu tant de chagrin ! Ah ! le gros... J'ai eu beau
pleurer... Va te faire fiche. Il a eu ce qu'il voulait. Maintenant il offre de m'emmener à Cette.
Il est habile dans le commerce des vins, et il
connaît tout le Midi... Moi, je sais ce que ça me
coûtera. Mes parents n'y voient que du feu. Il a
promis que j'hériterai de ses obligations de la
Ville de Paris. Ça les éblouit. Et j'ose pas leur
avouer. Et puis cet homme-là, c'est notre seul
appui dans l'existence. Pour tout dire, il n'est pas
méchant. Il m'aime trop, voilà ! Quand je m'approche, il devient bleu, vert, jaune. Il faut que
je débouche la fiole d'eau de mélisse. Avant de
m'avoir, il s'est évanoui d'émotion sur la des-
cente de lit... J'ai eu pitié, n'est-ce pas. Souvent
il attend la sortie de l'atelier, dans un fiacre, et
il me regarde passer avec Léon, en serrant son
estomac dans ses mains, tant la jalousie le dé-
molit. Je l'aperçois. Je fais celle qui ne voit
rien. Tout de même, il a une telle figure de
déterré, à ce moment-là, que je me sens faiblir
et que je me sauve en tirant Léon par le bras.
Quand j'étais gosse, il me prenait sur ses genoux
et il reniflait dans mes cheveux. Sa femme est
morte, il y a des années. Ça lui a porté un coup.
Il en reste à demi toqué. Moi, je le plains. Il
souffre. Tout de même je ne tiens pas à recommencer l'histoire du mois d'octobre. C'est pour
ça que je vous ai prié de venir nous voir. J'ai
lu dans la *Petite République*, le journal de papa,
qu'on organise une Société. Elle payera, dit-on,
le voyage des modistes et des couturières fati-
guées et leur séjour à la campagne, à la mer.
Est-ce vrai ? Alors j'ai pensé qu'il vous serait
possible, sans doute, de me recommander aux
directeurs. Je les aime, moi, ceux qui arrangent
ça. C'est fameusement gentil ! Hein ? Pouvez-
vous m'écrire un mot d'introduction ? Je préfère
ne pas devoir à mon parrain tant de reconnaissance. Vous comprenez ?

Sous la tignasse de chanvre doré, le visage
anxieux et pâli, qui souriait à faux, se pencha.
Familièrement, Micheline avait croisé les bras
sous les formes de sa lourde poitrine ; et elle
scrutait ma conscience en s'inclinant vers ses
genoux. Ses longs pieds fins tapotaient le bois
poli du plancher. Je me souviens que M. Gustave
Féry, un normalien discret et un esprit délicat,
s'ingéniait pour obtenir la fondation d'une
caisse de vacances permettant de réaliser le
vœu de Micheline.

— Nous sommes beaucoup dans les mêmes
ennuis, à l'atelier, et il y a toujours des vieux
diables pour essayer de profiter de nos malheurs,
dit-elle.

— Je le crois en effet, Micheline ; mais les

ressources de la Société naissante étaient médiocres. J'ignore s'il reste de l'argent pour vous envoyer là-bas.

— Les dames que nous habillons ne consentiraient-elles pas à verser un peu de leur argent de poche dans notre caisse?

— Je le leur demanderai, Micheline, je vous le promets.

— Oh! faites ça, vous serez mignonne!

Je fus touchée par l'ardeur que la jeune fille mit à prononcer cet adjectif en avançant les lèvres. C'était presque un baiser à distance qu'elle m'envoyait ainsi. Je me défendis contre un certain trouble, en soupirant.

Micheline s'en soucia peu. Elle parlait de la mer, de la poésie propre aux rivages de la Méditerranée, du plaisir qu'elle aurait à vivre dans le soleil, contente de cueillir les fleurs d'un jardin, de fredonner, en se promenant le long du flot. J'admirai comme si rien de la souillure imposée par le parrain n'avait corrompu la naïveté sentimentale de la fillette. Elle me demanda s'il y aurait un piano dans l'auberge. Et e sait le solfège et parle de chanter chaque soir la romance que Léon apprécie le mieux. Micheline estime possible que son émotion vibre assez là-bas pour atteindre, par des ondes mystérieuses, le cœur de son ami, dans Paris même, pour le contraindre à chérir, vers cette heure, l'absente. La morale des opéras survit avec véhémence dans sa mémoire. Cela ne l'empêcherait pas cependant d'avoir pitié du parrain, et d'accepter le voyage avec lui si toute autre ressource manquait. Elle entend tout d'abord échapper à la maladie. Espoir légitime d'une enfant simple et pleine de sève fougueuse, mais que menace le péril effroyable de la phtisie, et qui jette la morale en pâture à la mort, afin de retarder la faucheuse.

XXII

— Pensez-vous?... demanda l'ironie de Clarisse au jeune homme fringant et naïf qui tentait de lui promettre, sous le couvert des périphrases, un amour romanesque, et qui dédaignait, du regard, nos maturités certaines... Pensez-vous? Pensez-vous que l'orgie soit une chose si bestiale et porcine, et qu'il lui faille préférer sans hésitation les attitudes poétiques ordinaires aux couples gentils des images?... Voilà bien l'assurance des petits garçons innocents. Ils n'ont rien vu de la vie, sinon ce que les livres en content, et ils s'évertuent pour devenir les personnages des contes vulgaires ou des comédies imbéciles. Ce leur semble l'apothéose. Ni les horreurs des crimes passionnels, ni les bassesses des mensonges sentimentaux ne les détournent. Ils entrent courageusement dans

la boue des cœurs et pataugent à l'exemple du commun... Pauvres enfants!

Sachez que l'orgie, j'entends l'orgie savante, celle qu'organisent les voluptueux ennemis du grotesque et de l'ivresse, celle qui rénove la cérémonie du vieux culte dionysiaque, celle qui sert la religion du Transport, de ce qui nous trouble le plus entre les émotions de l'esprit, sachez que, seuls, la peuvent savoir des êtres très intelligents.

Ce plaisir est d'art, surtout. Que de belles créatures évoluent en gaieté souriante, en grâces de gestes nus, en souplesse de flexions, que les nacres de leurs chairs luisent et brillent diversement, que leurs étreintes, que leurs enlacements, avec les jaunes mettent en valeur toutes leurs formes, pleines ou nerveuses, que leurs postures d'abandon, que leurs élans de fougue, que leurs angoisses et leurs pâmoisons livrent aux yeux d'admirables courbes, de superbes mouvements rythmés : nul ne les appréciera s'il n'est artiste, s'il n'a, dans les musées du monde, éduqué son goût de la plastique et de la mécanique musculaire...

L'orgie n'est pas une liesse grossière pour ignorants, ni pour brutes, ni pour ricaneurs. C'est le jeu de Pygmalion qui voit s'animer non pas une statue, mais les contrastes de plusieurs statues enfiévrées par les breuvages spéciaux et délicieux, par la licence de propos adroits et malins. Alors, on conçoit la merveille des lois naturelles maniant les corps arrachés aux travestissements burlesques de notre vie. Quand apparaissent les rivalités pacifiques de l'orgie, soudain se révèlent des traits de caractère surprenants qui dénoncent l'âme secrète de chacun, celle jamais trahie, sauf en ces heures.

Pour moi, j'ai dû quelques émotions de pensée fort intenses à ces fêtes du Transport. J'ai senti mon être vivre, en une heure, non pas tout un amour, non pas toute une vie, mais plusieurs amours, et plusieurs vies. Dans les minutes de l'étreinte, s'ils le veulent, deux convives sagaces et curieux se peuvent connaître au total. Les changements multiples des visages enseignent, comme au moyen de signes évidents, le réel des deux imaginations aux prises et qui prétendent matérialiser leur rêve par les contractures des muscles, par les vibrations des nerfs, par les succulences des baisers. Découvrir l'image de ce rêve dans les yeux du partenaire, la composer avec les choses qu'il sut dire préalablement à table dans le feu des dissertations, puis tâcher d'être le vrai de cette image, une seconde, lorsque les os crient, et lorsque les chairs s'éraillent, c'est œuvre digne d'être voulue fermement. Car, si l'on réussit, on est aimée, et même aimée avec le plus superbe enthousiasme, celui qui ne dispense jamais une longue passion entravée par les accidents quotidiens, diminuée par les petites lassitudes et les petites déceptions néluctables, gâtée par quelques souvenirs fâcheux, minée par quelques soupçons vagues, par quelques inquiétudes harcelantes. De l'amour, en ces brèves rencontres les voluptueux perspicaces ne possèdent que l'excellence, ayant évincé tout ce qui le peut affaiblir.

Ne dites pas, jeune homme, que l'orgie est méprisable au regard du colloque sentimental. Non, jeune homme, ne le dites pas. Vous feriez sourire celles dont vous souhaitez la complaisance, celles qui s'exercèrent pieusement à magnifier et à subtiliser la science difficile des contacts amoureux. Pour moi, je conserve une mémoire parfaitement heureuse de certaines rencontres inopinées en une heure dionysiaque, tandis que, de mes liaisons, je me rappelle les innombrables tracas, les mensonges, les ruses, les dols, les tyrannies et les ridicules...

Clarisse, vraiment, s'échauffait. S'étant levée, elle piétina, de ses chaussures blanches boutonnées sur ses chevilles étroites. Sa courte jupe de moire grise voletait autour de ce jeune corps impatient, que sanglait une ceinture de daim blanc, sous les seins libres et forts dans une blouse de surah bien tendue. Econduit, le jeune homme souriait amèrement, de sa bouche rasée. A sa boutonnière, les tentacules d'une orchidée mauve se rétrécissaient. Il contempla ses ongles, puis le pur dessin de ses longues bottines, enfin, les circonférences bleues, jaunes et violettes du dessin géométrique ornant les vitraux de la porte, par où semblaient s'épanouir les feux du prisme jusque dans le salon limpide. Nous le vîmes qui, sincère, retenait difficilement les deux larmes baignant ses yeux d'orgueil. Il voulait, lui, posséder Clarisse de manière exclusive, en lui chantant un poème d'extase. Nous savions qu'il avait goûté les fruits de cette gorge robuste, bu le vin de ces lèvres sanguines agitant toute l'impertinence logique de la courtisane. Nous pensions qu'il souffrait beaucoup, comme il arrive que l'on souffre à vingt ans, lorsque tout l'atavisme des jalousies antiques conseille notre pensée, encore trop chétive pour abdiquer les vieux privilèges du maître sur les esclaves du gynécée. De la pâleur marbrait sa face. Délicatement, il essuyait, avec son doigt tremblant, la sueur de son front. Inexorable, Clarisse continua :

— Régler seulement l'éclairage d'une orgie, c'est une œuvre ! Obtenir que tout soit assez obscur pour que les tares minuscules de la peau ne choquent point, pour que l'ensemble de belles lignes empêche de percevoir les défauts partiels ; obtenir pourtant que, dans cette ombre nécessaire, rien ne se puisse effacer des mines, des œillades et de toutes les expressions successivement adoptées par le corps en délire. Expressions significatives, à cette heure-là, comme les mimiques des visages ! Car le corps devient mobile, alerte, subtil, autant que la figure la plus

révélatrice d'une âme changeante et complexe. L'orteil qui se crispe n'est pas moins disert que la bouche en soupirs. L'organisateur se doit de ne rien omettre de ces soins indispensables. Et le décor, donc ! Il faut que les tentures soient telles que leur couleur ne nuise pas aux teints. Les tons trop sombres font les chairs blafardes. Les tons clairs en font ressortir les petites flétrissures. Tout l'art du peintre, je vous dis ! Toute la science du sculpteur, qui calcule la portée des ombres, et ce qu'elles dessinent. Il faut qu'une assemblée de statues gracieuses ou vigoureuses se démène, en se plaisant, en s'admirant, en se désirant. Il sied que les Silènes ventrus, non moins que les svèltes Apollons, séduisent les nymphes légères et les Cérès plantureuses. Il convient absolument que tous, oubliant leur laideur morne et passive, la présentent comme la vivace empreinte de vices agressifs et astucieux.

Et nous, les ménades, de quelle virtuosité n'importe-t-il pas de nous munir, si nous voulons triompher des indolences et des fatigues, si nous désirons être aimées ardemment par quelques minutes de démence insigne ? C'est notre gloire que de réussir à nous faire souhaiter violemment, à nous faire chérir passionnément, et à nous faire regretter désespérément, de telle sorte que nos vainqueurs croient vivre, en un temps court, toutes les affres et toutes les délices des amours indéfinies. Il s'agit de planter au cœur de nos convives la fleur d'un souvenir éternel qui les fasse panteler jusqu'à la mort. Il s'agit de se prolonger, en deux ou trois esprits d'hommes forts, et de s'attacher à leurs existences comme un mal inguérissable, comme un regret sans remède. Comprenez-vous, petit jeune homme sentimental ?

De son index pointu, Clarisse lui gratta le menton, dans la fossette du milieu ; et elle avançait son fin museau marquois tout contre la face maussade du garçon. Puis elle se redressa, se plut dans un haut miroir, à cause de sa coiffure symétrique arrangée en couronne d'ombre fauve. à cause de son dos creux et nerveux, de son bras étendu en une ligne pure, de ses hanches mouvantes, et de ses jambes cambrées à la lueur de la moire. Les lignes droites et les courbes de l'appartement étaient un cadre logique pour l'épanouissement de cette créature qui en offrait une synthèse harmonieuse et colorée. Quelqu'un le dit : Clarisse était sûrement le rêve de ces géométries décoratives en saillie sur les panneaux des bibliothèques, ou bien inscrites dans les frises des céramiques murales.

— L'art de concentrer toutes les forces de l'amour en quelques heures de voluptés savantes et méticuleuses ; l'art de goûter toutes les émotions violentes avec diversité dans un espace de temps court ; l'art de savoir admirer la mécanique des formes et leurs lumières ; l'art de pressentir, durant une étreinte, toute une âme humaine, son idéal, et de le réaliser incontinent par la mimique passionnée des membres ; l'art de lire les physionomies des corps comme les physionomies des visages, c'est le génie orgiaque des bacchantes... Et ne l'a point qui veut, parmi les nigauds qui se promènent à deux, la main dans la main, sous les clairs de lune sempiternels, en se récitant les rengaines des littératures moisies... Voilà ce que je déclare, messieurs, à la honte de vos pudeurs respectables !...

On apporta les oranges vineuses, les bananes et les poires, sur un cercle d'acier, les vins liquoreux en de hauts flacons cylindriques, les crèmes et les compotes en vingt bols d'émail nacré. Clarisse nous distribua ces friandises. Elle était joyeuse d'avoir déconfit le beau jeune homme orgueilleux qui, faisant une sotte figure, s'admirait de souffrir au murmure de quelques vers balbutiés par ses lèvres blêmes.

XXIII

Nous avons naturellement fêté, chez Clarisse, les heures du réveillon. Ses épaules de nacre brillaient hors les étroites bretelles de son corsage, lequel n'était qu'un corset bas en jais rougeâtre cuirassant aussi le ventre creux et la croupe souple. Les lanières pailletées de la robe voltigeaient, à chaque pas, sur un fourreau de soie jaune. Pendant qu'elle nous complimentait, le parfum de sa gorge forte et divisée nous étourdit tour à tour. La flamme de vermeil couronnant sa chevelure luisait tant qu'elle paraissait vivante. Les invitées, par convention préalable, s'étaient vêtues de même. Sœurs de Vulcain, eût-on dit, elles s'éparpillaient et jasaient entre les murs de porcelaine, s'irisaient sous le jeu de la lumière qui traversait l'arc-en-ciel peint au vitrail du plafond. Les taches versicolores masquaient bizarrement les visages gais et les épaules nues, compliquaient les chatoiements des robes, flambaient les victuailles somptueuses dressées sur les tables à souper. Violet, indigo, bleu, vert, jaune, orangé, rouge, le spectre étincelant dardait ses rayons courbes sur les plats de verre et leurs poissons froids en armure d'argent opalisé, les échines annelées des langoustes et leurs antennes, les pyramides de poires, les amas de raisins lourds, les masses des volailles, les chrysanthèmes et les orchidées jaillis par buissons, des urnes limpides. En sorte que la lumière imposait un travestissement d'incendie aux choses, aux êtres. Nous nous agitions dans cette atmosphère féerique afin de célébrer la gloire de l'instant où, près de s'éteindre dans les longues nuits de l'hiver, le feu du soleil renait pour grandir contre les obscurités néfastes et stériles, pour les réduire et produire la fécondité du printemps. Noël ! Le dieu brillant, le dieu pur est ressuscité d'entre les ombres ! Il

aura toute la vie de la jeunesse vers l'équinoxe de Pâques ; il triomphera dans les longs jours de la Saint-Jean lorsque les villageois allument les foyers symboliques de sa victoire remportée sur les étoiles du crépuscule tardif.

Ainsi, fidèle à la science des temps oubliés, Clarisse interprète la fête du Solstice, qui pénétra dans toutes les religions, qui se cacha sous les mythes, formes diverses du plus vieux culte originel, celui du Feu, celui des fluides en mouvement, selon les lois inconnues et maitresses des mondes.

Notre amie nous rassembla devant la cheminée du hall construite en manière d'autel pour l'Agni sanscrit, l'Agnos grec, le Pur, dont le symbole est l'agneau sans tache. Sculpté dans la pierre grise de la cheminée, il dort sur le livre de la connaissance universelle. A ses pieds, sifflent, bourdonnent, ronflent les flammes du dieu or et azur incarné dans les effluves gazeux. L'autel lui-même se compose d'un rocher sur lequel se tord, génial, douloureux et furieux, mais de taille humaine, un Prométhée de bronze, modelé par Michel-Ange, et retrouvé dans un château en ruines de l'Ombrie, après trois siècles d'enfouissement, au fond d'un parc longtemps inculte. Ce présent du baron Vogt à Clarisse, tous les musées des capitales le convoitent. Le héros tient dans sa griffe formidable la foudre que le bras musculeux vient d'arracher au mystère jaloux des Forces. Cette foudre réelle projette ses éclairs pour illuminer le lieu, les divans profonds, les tables de cristal et d'acier, les tabourets octogones, les rideaux et les portières de velours gris, les femmes demi nues en frac, tachés par les jeux de l'arc-en-ciel épanoui dans le plafond.

Alors les orgues chantèrent la mélopée du Feu que Wagner imagina pour envelopper le sommeil de la Valkyrie. Immobiles, et retenant notre souffle, nous partageâmes les idées que cette musique nous inspira. Nous adorâmes le génie de l'homme, de ce Prométhée vigoureux, acharné et torturé par le vautour, mais possédant, au creux de sa main, le trophée conquis sur le secret de la Nature hostile.

Après l'Office, on s'assit pour souper. Les jeunes femmes flamboyantes nous sourirent pendant que nous entamions la chair des bêtes nourries par les plantes écloses dans la tiédeur des eaux ou sur la terre graduellement échauffée au cours des saisons. Nous communiâmes avec ce que produit l'âme subtile et torride de la vie totale ; ce que transporte la vapeur des paquebots et des express, ce qu'achète et vend l'électricité des télégrammes, porte-voix des négoces qui régissent les actions des peuples. Clarisse commentait ainsi les prestiges divins du feu. Même elle prétendait nous convertir à la vieille religion des Aryas, nos ancêtres. Elle réclamait un Messie, des apôtres, quelques martyrs pour

staurer le culte de Prométhée dans ce siècle où
science prend, chaque heure, un essor plus
iraculeux et tel que l'histoire n'a jamais connu
a semblable élan de la pensée planétaire.

— Un Messie!... Parfaitement, il n'est pas
ipossible de le découvrir. Ce serait la seconde
is que je lancerais un Messie par le monde, si
parvenais à le faire surgir parmi vous, mes-
eurs!... D'ailleurs, ce fut en reconnaissance
e ce haut fait que le baron Vogt me donna le
•ométhée, après de longues recherches en
nbrie pour déterrer la statue dont plusieurs
vants assuraient la survivance sans pouvoir
•signer exactement le lieu dépositaire... Car
lui avais rendu le meilleur service et qui
éritait un tel paiement.
A cette époque-là, Goldschneider, l'impre-
rio, m'avait engagée dans sa troupe pour une
urnée en Autriche, à Constantinople et au
ire. Nous remportâmes le meilleur succès
ans la capitale turque. J'y triomphai, pour ma
irt, en jouant les grandes coquettes des pièces
•lèbres. Ce me valut de gagner là quelques
joux importants, mes plus belles émeraudes,
uvenirs de volupté satisfaite, et que me lais-
rent d'agréables pachas barbus, galants,
•èses, très virils. Au Caire, cette faveur mu-
•lmane me précéda. Sous les tarbouches, les
•rvelles imaginaires de toute une jeunesse
•ientale présumaient les roueries de ma luxure
comment je pourrais accroître leurs désirs
•s houris promises à la sainteté de leur mort
•r la tradition du Coran. Je goûtai le plaisir
être souhaitée en scène par mille beaux yeux
•dents qui brûlaient dans les bruns visages de
•slam. Sous la robe de la dame aux Camélias,
•mme dans les chausses collantes de Lorenzac-
o et la tunique de Bérénice, le chef-d'œuvre,
•erai-je dire, de mon corps preste et vivace
•ourdit toutes ces consciences de mameluks et
• fellahs. On attendait ma voiture à la sortie
• théâtre pour des ovations. Mais le baron Vogt
•'avait rejointe, ayant à conduire, sur les bords
• Nil, un accaparement de blé, un procès de
•uane, la construction d'un bassin de radoub
•ns le port d'Alexandrie, et quelques autres
•tites choses. Je ne crus pas devoir me per-
•ettre des fantaisies, qui, mal interprétées par
•s niagauds, eussent nui à la respectabilité d'un
•ni très cher dont j'admire les combinaisons
•dacieuses.
De la scène, un soir, nous regardions la salle
• théâtre, par l'oculaire du rideau près d'être
•levé. Il me dit négligemment :
— Clarisse, voyez-vous ce moricaud en habit,
•ns la seconde loge de côté, celle où minau-
•nt ces filles d'Albion. Il se tient debout der-
•ère elles... Vous le voyez? Il a le visage grêlé,
•air majestueux et grave d'un muezzin... C'est
pupille de ce gentleman si maigre, M. Fox,
•argé par le gouvernement britannique de lui

donner une éducation européenne, de l'acquérir
à la cause de la civilisation. Une mission impor-
tante, Clarisse! Cet adolescent, s'il retournait au
Kordôfan, n'aurait qu'à prononcer dix mots
sacramentels, qu'à lever la main, et cent mille
nègres musulmans le salueraient mahdi, s'in-
surgeraient à sa voix, marcheraient contre les
lignes anglaises, se feraient mitrailler par les
canons du Sirdâr. Ce jeune homme est le des-
cendant d'une famille sacrée là-bas qui put,
autrefois, entraîner une nation au siège de Kar-
thoum, où périt sir Gordon, massacré avec toutes
ses troupes par les fanatiques... Eh bien! Clarisse, que cet événement survienne, que ce moricaud s'en aille là-bas, et les Anglais devront
réprimer l'insurrection, puis occuper le pays.
Des mines nombreuses et riches s'y trouvent.
Beaucoup m'appartiennent. Mes explorateurs les
ont acquises par traités du sultan local. Si la
contrée devenait sûre par l'effet de la domina-
tion européenne, je commencerais aussitôt l'ex-
ploitation rationnelle et scientifique des gise-
ments, avec mes Compagnies associées de Londres
et de Manchester. Ce garçon-là ne se doute guère
que son défaut de fanatisme m'empêche de conclure une affaire énorme et véritablement intelligente... C'est bien dommage... Ne pensez-vous
pas, ma chère?... C'est bien dommage!... Enfin!

On frappait les trois coups pour le « deux ».
Il alla reprendre sa place dans la loge des
financiers délégués à la gérance de la Dette
Egyptienne. Le rideau s'éleva jusqu'au cintre.
Je tenais le rôle d'Hermione. Vous m'avez tous
vue dans le délire de cette amoureuse, et vous
avez applaudi mes gestes effrénés, mes attitudes
qu'on s'accorde à reconnaître expressives de la
vérité la plus poignante. Selon le manège ordinaire des comédiennes qui veulent séduire un
spectateur, je m'évertuai pour le jeune mahdi
en habit noir. Il ne tarda guère à comprendre
que mes cris de passion j'affectais de les lui
vouer, que mes supplications c'était à lui que
je les adressais, qu'après les bravos et les rap-
pels c'était lui que remerciaient mon œillade et
ma révérence.

Il suffit d'un billet écrit en langue anglaise
tant bien que mal, et que mon habilleuse lui
remit chez M. Fox, pour qu'il accourût au rendez-vous, de grand matin, deux jours après. Ah!
mes amis! quel moricaud c'était là! Et que j'eus
de la peine à lui faire rendre les armes, malgré
le nombre fabuleux des assauts livrés de part et
d'autre. Toute ma mécanique voluptueuse fut
mise en usage, sans le lasser. Je faillis demander grâce, à cause de son visage grêlé
ouvert sur ses yeux blancs, sur ses dents blanches, et qui me parut s'altérer, devenir bestial,
puis féroce. Un moment, j'eus peur du sauvage
que l'ardeur des instincts ressuscitait dans cet
élève sournois de M. Fox. Enfin, je demeurai la
maîtresse du champ de bataille. Il s'endormit

dans le kiosque du rendez-vous, au milieu du jardin, que j'avais loué pour cela. Ayant couvert de fleurs son corps long, étique et brun, je m'esquivai, contente d'avoir embrasé l'ardeur d'un véritable mahdi. Ce fut une tête amusante de mon troupeau.

Le second soir, il était au théâtre quand je parus en scène. Je ne manquai pas de jouer encore pour lui seul, et de façon à le persuader de mon amour. J'agis de même à chaque représentation de la série. Seulement, je me gardai d'offrir une nouvelle entrevue. Il m'écrivit, suivit ma voiture, tenta de pénétrer chez le baron, soudoya les domestiques. Je le fis inexorablement évincer. M. Fox s'aperçut de son manège et vint, une fois, pendant l'heure torride, le chercher sous mon balcon. Je les vis, à travers mon store, se quereller. Enfin, le maître administra quelques bons coups de canne sur les épaules du disciple, qui dut se résigner, partir. Je ne les rencontrai plus.

Avant de reprendre la mer, il me plut de rédiger pour rire, en pitoyable anglais, une épître farceuse assurant le moricaud de ma passion. J'inventai qu'en rêve le Prophète m'était apparu pour m'enjoindre d'être l'esclave du mahdi destiné à rétablir la suprématie du Croissant sur le monde, et pour m'interdire de me donner à lui avant qu'il fût entré triomphateur au Caire, dans Alexandrie, purgés de chrétiens. Au signe indiqué dans le rêve, je jurais l'avoir reconnu, tout de suite, pour l'élu, le soir d'*Andromaque*. Trop enflammée, je n'avais pu obéir au Prophète; j'avais cédé à ma folie, en l'appelant au rendez-vous dans le kiosque du jardin. Un malheur irréparable m'avait frappée, punition de ma désobéissance aux ordres du Prophète. Je n'oserais plus recevoir mon seigneur avant qu'il ne rentrât au Caire, à la tête de son peuple délivré, ainsi qu'il était écrit... *Et cætera. Et cætera...* Il y en avait, comme ça, sept ou huit pages que mon habilleuse lui remit en mains propres, très adroitement.

Je présumais que cette épître n'aurait pas la moindre influence, et que le moricaud continuerait à recevoir les coups de canne de M. Fox, en pauvre garçon. Une année s'écoula. Je pensais rarement à l'aventure. Tant d'autres m'en distrayaient. Un beau soir, Vogt me montra la quatrième page du *Temps*, les dernières nouvelles : un corps expéditionnaire anglais avait dû se mettre en campagne, afin de disperser les bandes d'un nouveau mahdi qui soulevait la population du Kordofan. C'était notre moricaud. Les articles explicatifs du lendemain nous renseignèrent.

Grâce à cette insurrection, aujourd'hui, les fonctionnaires de lord Curzon administrent le pays des mines, dont le rendement justifie les espérances du baron. Les Compagnies associées de Manchester et de Londres ont obtenu l'adjudication du chemin de fer entre le Nil et Soua-

kim. « Grosse affaire, et véritablement intelligente !... » dit Vogt en souriant dans sa barbe frisée...

Quant au petit mahdi, les Anglais l'ont pendu haut et court, solennellement, un jour de fête religieuse, pour l'exemple... Mais il a connu deux heures de ma fièvre ; et il a vécu dans la splendeur de l'attente, ce pour quoi il fut héroïque. Sort enviable entre tous. Rien n'est plus beau que mourir pour son idéal ! N'est-ce pas, messieurs ?

Et Clarisse leva sa coupe, afin de porter un toast spirituel au Prométhée crucifié sur l'autel du Feu Civilisateur.

XXIV

Notre automobile se lança dans le brouillard du matin où transparaissaient les champs de neige et les toits blanchis. Encastrés dans le monstre trépidant et bourdonnant, nous gravimes les côtes parmi les vapeurs grisâtres ; nous frôlâmes les camions lents des usines ; nous parcourûmes les hameaux de maisonnettes estivales toutes défleuries, et dont pendillaient les ramilles veuves de leurs feuilles. Le plâtre des murs suintait. Les affiches se décollaient, avec leurs dames de couleurs jadis pimpantes et lascives, aujourd'hui lamentables et déteintes. Clarisse ne riait plus derrière l'épaisseur de sa voilette jaune. L'humide et le froid stagnaient que nous perforions de notre lourde vitesse, précédée par l'éclat des cuivres encadrant nos fanaux vides. Dans les guérites de nos fourrures nous jouissions pourtant de sensations actives, véhémentes. Nos vies se délivraient de la nature malade et torpide.

Elles se précipitaient vers le décor des bois ouatés, lointains, proches bientôt, grâce au génie humain, créateur de notre monture métallique, formidable et véloce.

— L'esprit... observait Clarisse, semble s'évader, à cette heure, de la matière planétaire. On a le sens que, par le talent scientifique, notre rédemption chaque jour s'accomplit. De là cette ivresse qui nous étourdit glorieusement, lorsque nous croyons voler à ras de terre plus vite que des oiseaux éperdus. Je comprends que cette démence affole certains malheureux jusqu'à leur faire sacrifier la vie pour en atteindre le maximum, pour s'estimer affranchis divinement de la pesanteur. Une loi de nature a été domptée par les combinaisons de l'intelligence. Ce n'est pas seulement notre âme qui se réjouit de ce triomphe, mais toutes les mes aïeules qui subsistent en notre corps avec le sang transmis des ancêtres. En nous se fêtent les vœux anciens de la race qui rêva de vaincre le Temps trop bref pour les désirs innombrables de la courte existence. Et cette ivresse obscure, définissable, par quoi nous sommes entraînés comme les morts de la ballade allemande, c'est élan des volontés antérieures qui s'exalte obscurément au centre des fibres nerveuses, dans es ganglions secrets où se dissimule l'inconscient, cette âme seconde faite des legs hérédiaires et des facultés futures, des facultés magiques encore latentes, mais déjà certaines, elles qui donneront à la descendance l'empire ur les Forces.

Vous avez décrit maintes fois l'enthousiasme u peuple byzantin quand il acclamait, à l'Hippodrome, le cocher vert ou bleu dont le char t le quadrige avaient, avant les autres, doublé a borne de l'Épine, sous la statue de saint hristophe. J'ai réfléchi souvent à cette fureur e foule, pendant les nuits lentes, lorsque ronait dans mon lit quelque amant, trop mûr et op gras, épuisé par mon art virtuose. Les eures, alors, me paraissent interminables, uelle que soit ma sympathie pour le dormeur. mais je ne sus m'assoupir près d'un homme errassé par la fatigue amoureuse, s'il n'était as de ceux pour qui tremble le cœur et s'arent les nerfs. J'ai, mille et mille fois, philoophé sur le Temps, ainsi, en espérant l'aube t le réveil du Cyclope. A chercher des motifs aisonnables pour m'expliquer cette ardeur sinulière des Grecs, des Romains, des Anglais ui divinisèrent les conducteurs de char et les ockeys, j'ai cru découvrir le réel de leur psyhique. Toutes les époques et toutes les littéraures se sont éplorées sur l'impitoyable célérité es ans. Toutes, ou presque, imaginèrent, omme un souverain bien, l'immortalité. Donc esprit des hommes s'exerça, depuis les siècles ntiques, à la haine contre le Temps. Vieillard orose, armé d'une faux fatale, il fut l'ennemi es races, le moissonneur intempestif des amitions et des jouissances. Il parut le frère de a Mort, et son complice hargneux. Tout effort apable de l'amoindrir, tout effort capable de agner sur lui, en réussissant avec promptitude, ssuraient une victoire partielle sur le destrucur. Dévorer l'espace, franchir des distances n un minimum de secondes, c'était, pour 'homme, la promesse de pouvoir multiplier à 'infini ses actes, un jour, tant ils seraient deenus rapides. Il pensa qu'en résolvant les proèmes de la vitesse, il vivrait beaucoup plus. e là cette rage pour courir à pied, en char, cheval, pour couvrir de lauriers le soldat de arathon et le chef de la trirème alerte. De là ette coutume des sculpteurs qui pourvurent es Victoires d'ailes puissantes. On prétendit romper le Temps par la conquête accélérée e l'espace. Et, de génération en génération, ce œu se fortifia dans les cœurs, cessa d'être ompris comme une idée, pour devenir un senment obscur et maître, un état de notre sang t de nos nerfs, une angoisse et une joie indéfi-

nissables mais authentiques. Et toute la science s'évertua pour accroître la célérité de nos actions. Elle éduqua le cheval, en fit cette machine de muscles mesurés, quantifiés, réglés comme les rouages d'un appareil mécanique. Elle perfectionna la voilure des navires, inventa le vol complexe et magnifique des frégates. La montgolfière s'éleva dans le ciel. Le bateau à vapeur frappa le fleuve de ses roues à aubes. En quelques secondes, le télégraphe électrique entoura la planète de notre cri. Des montagnes, les express se ruèrent vers les ports. Les ondes hertziennes transportent la pensée, miraculeusement, par le seul effet du fluide, entre New-York et Liverpool. Et nous nous grisons de rivaliser avec le Temps, presque vaincu, en faisant mugir la corne de ce monstre énorme qui saute les caniveaux, brûle la route, s'enfuit loin de la pierre qu'il touche, docile à nos mains adroites et directrices...

Voilà ce que je pense de l'éternelle dévotion à la vitesse et aux coureurs. Ils amoindrissent l'efficacité hostile du dieu qui nous tue, qui restreint l'ampleur de nos passions. Ils sont les vainqueurs de l'Espace et les vainqueurs du Temps. Et notre plaisir intense de courir ainsi par les brumes glacées, le plaisir incompréhensible et robuste, c'est celui souhaité par tous nos aïeux contents du triomphe qu'attendirent leurs époques : ils s'exaltent dans nos nerfs, dans notre sang, dans notre fièvre...

Ainsi parlait Clarisse. Nous pénétrions le mystère des bois humides et roux. Les herbes flétries essayaient de rajeunir.

— Voyez, reprit Clarisse, ces fétus relèvent la tête. Ils tentent aussi de s'élancer. Ce geste des plantes vers le ciel n'est-ce pas le désir latent, éternel, de s'arracher à l'attraction du centre, de se libérer du sol ; leur rêve n'est-il pas de s'espérer mobiles et migrateurs, après les adaptations futures de leurs espèces au désir occulte des sèves ?... Chauffeur, chauffeur, donnez la troisième vitesse !... Que notre monstre multiplie son élan, qu'il bondisse et rebondisse, et vibre et meugle, en crevant la résistance de l'air. Afin que ces pauvres plantes mal sensibles au spectacle extérieur soient éventées par notre passage, soient aspirées une seconde hors de leurs touffes, et que, sous la violence du contact atmosphérique, elles s'émeuvent jusqu'à s'imaginer l'heure des siècles improbables où elles pourraient de même parcourir la surface de la planète, courir sans mourir, vers les horizons inconnus...

Clarisse pérorait, les joues rouges d'être fouettées par la bise froide. Ses yeux possédaient toutes les courbes de l'espace, comme pour les féconder d'un désir immense et indicible. Elle avait saisi ma main, et confondu ses fourrures avec mes fourrures. Je sentais la chaleur aimable de sa jeune chair pénétrer mon corps à travers les toisons, tandis que ses tempes glacées, que les mèches légères de sa chevelure s'offraient à mes lèvres timides et vieillies, la voilette ayant été troussée par un doigt bienveillant.

La fuite des taillis et des futaies, des clairières et des buissons s'affolait à rebours de notre course, sur la droite et sur la gauche.

— Voyez... plaisanta Clarisse, le Temps entraîne la saison dans sa déroute; et toute la terre, et même le ciel de brumes. Épouvantées de notre nouvelle force, les heures du paysage se dérobent et s'évanouissent en arrière... C'est le désastre du Temps. Déjà finit la forêt, et déjà voici la plaine de neige et les fumées des fermes... Sentez-vous que, depuis cette vitesse plus intense, nos corps penchent avec les roues du chariot, et trépident avec les secousses du moteur? Plus la célérité s'accroît et plus nos êtres s'amalgament à la matière de cet être énorme, conçu dans le métal par la virilité des cerveaux inventifs. Nos muscles tremblent avec l'armature des carters. Notre échine vibre avec le frémissement de l'acier. Et nous nous recroquevillons instinctivement dans les casiers de cuir, pour laisser moins de prise à la défense de l'air, telle notre pensée peureuse se blottit à l'abri du crâne et des paupières, si nous fermons les yeux pour ne point apercevoir un danger inéluctable. Aux descentes, mon estomac est attiré vers le sol avant sa cage d'os et son enveloppe de chair. Il appartient plus, semble-t-il, à la volonté du char qu'à la mienne. Sentez-vous que nous sommes adaptés à l'écorce du monstre aussi bien que nos cervelles et nos réseaux de nerfs sont asservis à l'allure du squelette et aux nœuds des muscles? Un nouveau corps emprisonne nos corps qui ne sont plus que ses organes... La vitesse a créé un animal nouveau, un léviathan digne d'effrayer les Hercules, les Persées, les saints Michels et les saints Georges d'autres légendes... Et notre force dévore les membres épars du Temps... Ah! le beau crime! Ah! le beau crime que voilà!...

Clarisse, en suffoquant, s'enorgueillissait de la victoire. Elle s'enfiévra plus, ivre d'éloquence et d'illusions. Puisque nous n'étions plus que deux organes dans un seul corps, elle s'ingénia fort obligeamment à me démontrer par l'adresse qu'elle employait pour nous unir l'un à l'autre sous les fourrures incommodes. Cependant le watman attentif aux périls oubliait de nous entendre, de nous voir. Le pays accouru sur nous se divisait à l'approche du mufle bourru, et fuyait, de-ci de-là, en deux bandes indistinctes de champs onduleux, de buissons blanchis, de bosquets frêles, emmenant aussi la route grise et son courant de cailloux pressés.

— ... Il est bon, n'est-ce pas... soupirait-elle, de tressaillir en volupté dans la victoire...

Nos chairs vibraient. Nos cœurs tremblaient de plaisir et de crainte, et la terre tourbillonnait avec les images de ses prairies, de ses bosquets, de ses coteaux, de ses plaines, de sa neige et de sa brume, moins véritables que la joie de nos os heurtés.

XXV

Le jour de l'an, Clarisse nous donna la comédie dans le Salon de Prométhée. Elle-même en avait écrit le dialogue.

— J'ai supposé, nous dit-elle, que Narcisse, las de se pencher sur les eaux dans son vêtement de fleur mélancolique, avait obtenu des Forces le don de reprendre, en notre siècle, la forme humaine. Il veut tenter encore une fois l'épreuve de se contempler dans l'eau du miroir. Après quatre mille ans de méditation et d'agnosticisme, il prétend pouvoir le faire sans qu'une langueur mortelle le saisisse. La vigueur de son esprit s'est développée. Il a confiance en soi. Donc le voici qui réclame son miroir, celui où l'homme ne pourra chérir vraiment identique à soi-même. L'ayant cherché par le vieux monde, il aborde en Amérique où il retrouve ses trois amies de naguère, trois voyageuses connues à Paris : Bella, Maggy, Georgie, les filles du pasteur Clarke... Vous allez assister à la deuxième entrevue de Narcisse avec son miroir véridique présenté par ces trois Grâces. Et vous saurez bientôt ce qu'il en advint, pour peu que vous tolériez les jeux de ma prose inhabile, pour peu que vous usiez d'indulgence envers celles et ceux qui l'interprètent.

Ce petit discours fut discrètement applaudi. Nous nous assîmes. Le rideau de moire blanche se divisa.

Et nous vîmes le hall de quelque Splendid Hôtel, dans une ville maritime des États-Unis. La cité, le port et la mer se développaient dans les perspectives du décor.

Assis près d'une table encombrée de journaux, de brochures, de revues et d'albums, Narcisse lisait. Du fond, Bella, Maggy et Georgie apparurent. Presque aussitôt elles se montrèrent Narcisse avec étonnement. Elles l'abordèrent.

BELLA, *malicieuse*.

Bonjour, monsieur le voyageur. Nous vous avons bien attendu.

MAGGY, *indulgente*.

Bonjour, prince... Nous venons faire accueil à celui que nous n'espérions plus.

GEORGIE, *mystérieuse*.

Bonjour, Narcisse. Soyez le bienvenu dans notre ville; elle est la vôtre aussi.

NARCISSE.

Mesdames. Vous êtes fort gracieuses, et je vous salue.

BELLA.

Reconnaissez-vous les amies d'autrefois?

NARCISSE, *avec hésitation.*

... Certes.

GEORGIE.

Oh! l'oublieux!

MAGGY.

L'ingrat!

NARCISSE.

Je vous ai entrevues au moins dans mes plus beaux rêves. Ne seriez-vous point quelques-unes de mes illusions... qui sur cette terre inconnue de moi... se font reines pour me recevoir?

BELLA.

Non pas. Notre climat positif se prête mal aux fantaisies des mages... Nous sommes trois réalités bien vivantes, chairs et esprits... Nous sommes les trois filles du pasteur Clarke.

NARCISSE.

Ah! Parfaitement!... C'était à Vienne... Non, à Paris.

MAGGY.

Inutile... Ne prenez pas la mine de celui qui se rappelle enfin une ancienne rencontre. Le nom même de notre père ne réveillerait pas vos souvenirs. Mais voici ma sœur aînée, Bella, et Georgie, la cadette... C'est Maggy qui vous parle...

NARCISSE.

Ah! mille pardons! Nous avons ensemble, si je ne me trompe, fréquenté l'atelier de mon maître : vous avez étudié la sculpture à l'école des Beaux-Arts!

BELLA.

Oui, prince, au temps où vous gâchiez la glaise pour élever votre propre statue... qui fut d'ailleurs un chef-d'œuvre.

MAGGY, *espiègle.*

Avez-vous tenu votre promesse?

NARCISSE.

Certainement.

GEORGIE.

Quoi, vous n'avez point cédé au désir de créer d'autres œuvres. Le succès ne vous a pas encouragé à la récidive?

NARCISSE.

Nullement. Mon effigie me suffisait. Rien que pour la posséder entière et définitive, j'avais entrepris de m'instruire dans l'art de la sculpture. Il me semblait qu'en me voyant complet devant moi, sans cesse, je corrigerais plus aisément les tares de mon âme qui donnaient à ma mine des apparences défectueuses, et qu'au contraire, je renforcerais ceux de mes mérites qui prêtaient du caractère à mon visage en le marquant de leurs sceaux.

BELLA.

Et ce moyen vous améliora-t-il?

NARCISSE.

Vraiment, je le crois... Je suis plus digne, Mesdames, de vous déplaire moins.

GEORGIE.

Avons-nous dit alors que vous nous déplaisiez? N'avez-vous pas été notre flirt à chacune... successivement?

NARCISSE.

J'aurais cru pouvoir soutenir en même temps.

MAGGY, *narquoise.*

Oh! Narcisse, vous nous choquez.

NARCISSE.

Et pourquoi? N'êtes-vous point la même déesse en trois personnes délicieuses? La vie même ne vous a point séparées depuis dix ans. Je vous retrouve ici telles que je vous aimais, lorsque vous alliez à trois par les galeries du Louvre, admirant les Vinci, les Mantegna, les Watteau et les Poussin ; ou dressant vos trois chevalets devant le Triomphe de Flore pour rivaliser d'adresse....

GEORGIE.

Le fait est que nulle de nous trois ne put vous attacher spécialement à sa personne.

NARCISSE.

C'est que, si je me souviens bien, vous n'avez pas voulu satisfaire à une petite condition... celle...

BELLA.

De peindre votre portrait ou de modeler votre buste de telle sorte que vous y découvriez des pensées nouvelles véritablement omises par votre habileté dans votre statue.

NARCISSE.

Je voulus que la fiancée fût celle qui m'aurait compris mieux que je ne me comprends moi-même... Narcisse souhaitait, dans les yeux de son épouse, le miroir qui lui apprendrait plus sur lui-même que son reflet.

MAGGY.

C'était chose difficile.

NARCISSE.

Aimer, c'est savoir. Aimer mieux, c'est savoir davantage. Je voulais être aimé plus que je ne le suis par moi-même.

BELLA, *fort ironique.*

Quel problème ardu!...

GEORGIE.

Et il ne me semble pas qu'un autre l'ait résolu. Vous êtes demeuré célibataire.

MAGGY.

Solitaire.

NARCISSE.

Oui. Personne ne m'a présenté le miroir que je désire. L'eau seule réfléchit assez bien les variations de mes pensées. Seule donc, elle me reproduit au moins totalement. Mais elle-même ne m'apprend rien, outre ce que je sais de moi.

BELLA, *moqueuse.*

L'onde n'est pas plus heureuse que nous! Ni l'onde, ni les femmes de la planète. La terre n'est pas plus heureuse que nous auprès de votre orgueil, Narcisse.

NARCISSE.

Et cependant, c'est votre intelligence, Bella, que j'ai cherchée dans toutes les âmes qui me séduisirent; et c'est votre savoir, Maggy... et c'est votre beauté, Georgie. J'ai regretté dans bien des étreintes qu'elles ne m'offrissent pas ce que j'attendais de vous... Hélas, le monde ne contient pas assez d'yeux d'amoureux pour qu'il y en ait une paire capable de m'apprendre, à l'instant de se pâmer, ce que j'ignore de moi...

GEORGIE, *coquette.*

Ignorez-vous? Autrefois, quand nous étions trois jeunes filles un peu frivoles qui terminions à Paris notre apprentissage de vierges fortes, nous admirions l'étendue de vos vierges savoir, Narcisse. Vous n'ignoriez rien de ce que les créateurs découvrent pendant les veilles froides dans les mansardes, pendant de longs mois consumés parmi la poussière des bibliothèques, durant les grands voyages, à travers les continents restés mystérieux, et, sous les coupoles des observatoires, alors que scintille la poudre des mondes, au cours des nuits chaudes. Ce que vous nommez encore ma beauté trembla d'amour pour l'univers que révélait votre bouche diserte, et voilà pourquoi, un soir que vous penchiez, dans le salon de mon père, votre visage jusqu'à ma joue, j'ai, domptée par le frémissement de ma gratitude spirituelle, permis à mes lèvres d'effleurer votre souffle... Narcisse... Qu'ignorez-vous donc?

NARCISSE.

Le sais-je... Si je le savais... ignorerais-je? Certes, Georgie, vous m'avez à cet instant de jadis montré quelque reflet de moi-même, mais si fugitif que je ne pus le percevoir et que je ne pus déduire, de l'impression trop rapide, ce que votre savoir même, Maggy, en eût pu, sans doute, retirer.

MAGGY, *amoureuse.*

Oh!... Mon savoir est mince... Cependant, je crois avoir conquis un peu de vous, par son moyen, moi! Vous souvenez-vous combien j'étais éprise de vos allures, et comment je passais, Narcisse, des soirées de bal, assise dans un coin, à vous contempler, dieu magnifique et jeune, qui meniez la farandole des bacchantes en robes de lumières et de fleurs? J'en délaissai les mathématiques des Nombres, ces amants multiformes et qui signifient toutes les grandeurs de la Nature, qui vous étreignent dans toutes les vigueurs de la logique, et qui vous épuisent avec toutes les extases que procurent la compréhension de l'infini, l'attente voluptueuse de son approche... Oui, je les délaissai pour vous, Narcisse, car il me parut que l'harmonie de votre splendeur physique contenait une formule de beauté plus complète encore. Et j'ai conçu que les Nombres purs sont peu de chose, sans les apparences de la vie qu'ils expriment, sans la palpitation des chairs, le frisson des ormeaux et les lueurs des fleuves courant aux baisers des vagues marines... Apollon ne devient dieu que s'il peut être embrassé par une muse éperdue.

NARCISSE.

Est-ce pour cela, Maggy, qu'un matin, dans le Bois de Boulogne où je vous rencontrai, centauresse intrépide, vous m'avez prié de chevaucher près de vous, et vous m'avez entraîné dans les ombres d'une seule déserte pour arrêter nos montures, puis me serrer contre votre cœur tumultueux?

MAGGY, *haletante.*

Mais oui.

BELLA.

Maggy n'a pas cessé de vous chérir, Narcisse, et, parlant de votre image, elle nous a remplies de sa passion... Nous avons subi ses regrets, nous avons partagé les angoisses de son désir stérile... Et, pour l'empêcher de mourir, nous avons entrepris de construire le miroir, Narcisse, qui peut refléter votre âme entière, l'âme de l'homme, l'orgueil de son œuvre.

NARCISSE.

Bella, ma chère Bella, c'est donc possible! Construire mon miroir aurait été choisi par votre intelligence comme but de ses ambitions merveilleuses que j'ai tant écoutées dans les serres tropicales du banquier Vogt. Chacune de vos paroles effaçait alors, par son évocation de triomphe, la magnificence des fleurs australiennes épanouies dans les caisses d'ivoire, sous les palmes des bosquets favorables à nos marivaudages. Les corolles des orchidées devenaient ternes et grises... Supplicié par le désir de goûter près les syllabes magiciennes de votre bouche, j'ai, certain soir, plongé mes lèvres dans votre gorge dévêtue qui palpita, comme des mondes émus de naître...

BELLA, *tendre.*

Votre baiser, Narcisse, ne cessa point de me brûler le cœur... Je vous aime, ainsi que mes sœurs vous aiment...

NARCISSE.

O mes amies, ô mes amantes, ô mes idées! Je vous avais perdues?

Georgie, *qui tourne sur elle-même et se laisse contempler.*

Crois que nous sommes toi-même! Crois-le.

NARCISSE.

Je le vais croire.

MAGGY.

N'en doute plus... Car nous avons construit le miroir de l'homme. Ton miroir.

BELLA.

Regarde!...

NARCISSE.

Je vois le port, la forêt de ses mâtures, les scarabées brillants que sont les monitors et les croiseurs, une flotte de guerre!... Je vois la grande ville que le monde nomme la Cité des Miracles. Je vois la ville de fer, de verre et d'or, qui surgit en si peu d'années, sur la place des pauvres villages...

MAGGY.

En dix ans...

GEORGIE.

Pendant les dix années de notre passion triple...

NARCISSE.

Oh! mes trois âmes!... Bella, l'intelligence, Maggy, la science, Georgie, la beauté... Vous avez fait cela!...

BELLA, *triomphante.*

Reconnais-toi, Narcisse, reconnais ton œuvre et toi-même dans ce pays que, fécondés par ton désir, nos efforts enfantèrent...

NARCISSE.

Les deux lacs ovales brillent étrangement vers le haut de la cité, entre les bois de cyprès noirs.

BELLA.

Comme l'intelligence de tes yeux changeants, Narcisse.

NARCISSE.

Quelles puissances agissent derrière la façade de cet immense palais courbe construit plus haut que les lacs... et dont luisent les frontons indéfinis.

MAGGY.

Comme ton front au grand savoir, Narcisse!... Dix mille étudiants apprennent les secrets miraculeux des Energies Naturelles dans cet édifice universitaire.

NARCISSE.

Un faubourg énorme s'étend plus loin, quelle activité...! Un peuple de Vulcains, de Titans et de Cyclopes, doit forger la puissance du fer, là-bas... Mille tours de brique rouge disparaissent derrière les mèches innombrables de leurs fumées noires et brunes que des étincelles parfois teignent de cuivre roux.

GEORGIE.

Comme ta chevelure, Narcisse... Ce faubourg

m'appartient. On m'appelle ici la Reine du Fer. J'ai voulu moi-même être celle qui ferait refléter la crinière sur le portrait du miroir.

NARCISSE.

Oh!... Mais oui... La ville est pareille à ma stature... Les deux bras de ses quartiers riches s'étendent ainsi que ceux d'un homme qui veut embrasser toute la vie connaissable.

BELLA.

Comme tes bras aux grands désirs, Narcisse... Ces quartiers contiennent mes banques. Elles ceignent la terre d'un étroit bandeau par la circulation de leurs richesses. Leur ardente cupidité saisit le produit des tâches humaines, les concentre et les répand pour payer les labeurs des peuples. C'est moi qui voulus faire refléter la force de tes désirs sur le miroir, Narcisse. Je suis, pour ceux de ce continent, la Reine de l'Or.

NARCISSE.

En vérité... En vérité, mes âmes! Mon âme!... Il me semble que jamais je ne me suis appris autant.... Voici des palais de joies où sonnent les musiques voluptueuses: je distingue vaguement des processions de courtisanes. De là divergent deux voies que parcourent deux express. L'un descend au port. L'autre monte à la cité... Quelle vitesse de foudre les emporte!

MAGGY, *lui prenant la main gauche.*

Je me suis souvenue de ta course, durant cette partie de chasse où tu poursuivis un cerf blessé. Je t'aimai tant lorsque tu revins chargé de la proie lourde et sanglante. Tu ressemblais à ce que nous imaginions de l'homme des cavernes, quand il installa le premier foyer pour sa horde de petites épouses capturées et d'enfants agiles... Depuis, je méditai sur les forces rapides. J'inventai. L'éclair est prisonnier dans ces patins qu'il entraîne aussi vite que sa lumière... Les gens de la région me nomment la Reine de l'Espace.

NARCISSE.

Est-ce vraiment moi-même qui me reflète dans votre cité, mes Reines?

GEORGIE, *lui entourant la taille de son bras.*

Toi-même. Reconnais ton cœur. Ne bat-il pas comme les marteaux de bronze battent les cloches de la cathédrale... Je me suis souvenue du temps où tu cherchais, dans la prière, un moyen d'accroître la puissance de ta méditation. Tu ressemblais aux premiers prêtres qui, sur la roche du premier autel, enseignèrent un idéal aux tribus farouches des chasseurs, un souhait vague de devenir eux-mêmes le dieu des ouragans qu'ils craignaient, au point de lui sacrifier leurs filles vierges.

NARCISSE.

Je vous apparus ainsi, ma beauté?

BELLA, *lui mettant les deux mains sur les épaules.*

Reconnais ta voix. Ne l'imitent-ils pas fort exactement nos choristes de qui les trilles arrivent apportés par le vent depuis les coupoles de l'Académie musicale, les coupoles rouges comme tes lèvres d'amant... Je me suis souvenue des heures où tu chantais dans le salon de mon père. Tu ressemblais à cet Amphion qui touchait la lyre. A ses accents les chasseurs et les pasteurs accoururent, déposèrent leurs armes et rassemblèrent les pierres de la première cité, pour apprendre la concorde et la fraternité.

NARCISSE.

Je vous apparus ainsi, mon Intelligence?

MAGGY, *se penchant contre le cœur de Narcisse.*

Reconnais le halètement de ta poitrine amoureuse dans le clair frisson des arbres et du parc étendu sur le centre de la ville. Je me suis souvenue du jour où tu te précipitais entre les soldats furieux et les misérables en révolte, en criant : Justice! Tu ressemblais aux premiers apôtres qui, sur les bornes des carrefours, proclamaient la foi du Christ en faveur du Faible contre l'arrogance du Puissant. Ainsi, devinaient-ils la vertu féconde du nombre.

NARCISSE.

Je vous apparus ainsi, ma Science?

LES TROIS SŒURS, *montrant la ville.*

Ainsi !

Un long silence. Ils restent enlacés tous trois. Maggy à gauche penchée sur le cœur de Narcisse, Georgie à sa droite et lui entourant la taille, Bella le tenant aux épaules et l'adorant des yeux.

BELLA.

Avons-nous forgé le miroir de ton reflet véritable, Narcisse?

NARCISSE.

Oserai-je me reconnaître, moi, dans l'œuvre totale de l'Intelligence, de la Science et de la Beauté humaines, — moi, le voyageur que mirent à peine les eaux changeantes des fleuves et des océans.

MAGGY.

Mais oui, tu peux l'oser. N'es-tu pas l'Homme?

NARCISSE.

Je suis un homme.

GEORGIE.

Tu n'es pas fou jusqu'à penser qu'un être se détache des êtres et que, par lui-même, il existe. Il n'y a beauté que dans l'harmonie, entre des forces diverses. Narcisse n'est beau que s'il résume une quantité de mérites épars dans beaucoup de gens. On ne peut pas se dire un homme, une femme. On est l'œuvre de l'homme, ou, si tu veux, de sociétés humaines. On est les Hommes.

NARCISSE.

Sans doute... Et voici mon miroir, celui que je souhaitais, puisqu'il m'augmente de tout ce que pensa l'humanité, de ce que je percevais mal en cherchant la ressemblance de mon individu solitaire... Comment mes amies avez-vous de la sorte forgé le miroir fidèle aux reflets profonds?... Etiez-vous seules pour accomplir la tâche?...

BELLA.

Non.

(Toutes trois s'écartent de lui.)

MAGGY, *un doigt sur les lèvres.*

Il fallait pour notre idée des vigueurs capables de l'accomplir.

GEORGIE.

Nous avons inspiré à nos maris l'œuvre que ta beauté nous conseilla.

NARCISSE.

Vous êtes mariées?

BELLA.

Avec un ingénieur. Et il a trouvé dans les terrains l'or nécessaire pour construire la ville à ton image. C'était le Roi de l'Or.

MAGGY.

Avec un physicien. Et il a dompté plus étroitement les forces électriques nécessaires pour animer la ville à ton image... C'était le Roi de l'Espace.

GEORGIE.

Avec un forgeron... Et il a transformé la matière brute en outils nécessaires pour construire la ville à ton image. C'était le Roi du Fer.

NARCISSE.

C'était!... C'était!... C'était!... Parlez-vous de gens défunts?

BELLA, *haussant les épaules.*

Ne fallait-il pas qu'ils disparussent...

MAGGY, *spécieuse.*

La tâche faite, ils eussent trop pâti de savoir qu'elle n'était pas conçue pour leur bonheur propre.

GEORGIE, *ironique.*

Et le spectacle de leur douleur eût troublé l'eau de ton miroir, Narcisse.

NARCISSE.

Auriez-vous tué?... Non?... Alors...

BELLA, *plaisante.*

Nous avons simplement réussi à être pour eux... : trop belles.

MAGGY.

Et, s'étant comparés à nous, leur laideur les désespéra jusqu'à ce qu'ils mourussent de tristesse.

GEORGIE.

Car trop de beauté tue ceux qui s'aper-
çoivent comme indignes d'Elle... Et ils se sont
cachés dans le sein de la mort.

NARCISSE.

Pourquoi donc? Les avez-vous raillés cruelle-
ment?

BELLA.

Nous ne les avons pas raillés. Nous sommes
devenues toujours plus belles.

(Les trois sœurs se reculent et se prennent par la main.)

MAGGY.

D'heure en heure, nous devenions mathéma-
tiquement plus belles.

GEORGIE.

Beaucoup plus belles... que la beauté sai-
sissable par leurs imaginations.

(Elles ont encore reculé.)

BELLA.

Et ils eurent peur que nous ne cessions d'aimer leurs génies si différents de nos somptuo-
sités corporelles...; car elles augmentaient minute par minute.

MAGGY, entraînant ses deux sœurs dans
la profondeur du décor.

Ils redoutèrent que nous ne cherchions ailleurs d'autres héros plus dignes de notre splendeur; elle croissait seconde par seconde.

GEORGIE.

Alors ils comprirent qu'un autre était adoré
par nous : nous devenions plus magnifiques
instant par instant.

BELLA, tout au fond de la scène, et d'une voix
pitoyable.

Ils le comprirent, et, comme ils nous aimaient, ils moururent, soupçonneux et tragiques, dans nos embrassements.

Ensuite, souriantes, elles se rapprochent toutes
trois insensiblement.

NARCISSE, se détourne, peureux.

Il est effroyable, en effet, de vous sentir si
puissantes et si belles... Le soleil achève de
décliner... Le crépuscule lance de grands rayons
verts au zénith... La ville est plus divine encore
avec ce teint de pourpre rose dont le couchant
la farde... Soleil !.. Soleil !... Tu fardes trop la
ville en plongeant à la surface de la mer...
Crépuscule, n'encadre pas de vapeurs vertes et
mauves ses formes, d'une harmonie trop impeccable, trop douloureuse, pour mes sens
imparfaits. Nuit... Nuit... Si tu ajoutes la voûte
de tes étoiles au sommeil de la ville adorable...
Ô nuit... Ô nuit... Si tu contemples, par tous
les astres, l'œuvre créatrice de l'homme, je
sens, nuit cruelle et trop absolument pure, je

sens que je ne pourrai plus distinguer la ville
de toi, que je ne pourrai plus distinguer de
l'Univers la ville ni mon reflet... Ô nuit dure
dont la beauté croît trop rapide... Et vous, mes
amies, mes âmes, mes idées, pourquoi votre
beauté triple grandit-elle ainsi de manière
effroyable... Je ne puis soutenir la vue de votre
mystère.

Toutes trois se penchent sur lui qui vient de
s'affaisser.

BELLA.

Tu as la fièvre, Narcisse!... Nous n'avons pas
mis nos masques de beauté corporelle.

MAGGY.

Tu te trompes, Narcisse. Nous sommes de
simples femmes dévêtues de splendeurs phy-
siques...

GEORGIE, ricaneuse.

Ne tremble donc pas, Narcisse. Nous n'avons
que des formes vagues et sans éclat, dans la
pénombre...

NARCISSE.

Si ce n'est pas vous qui croissez en magnificence, mes amies, mes âmes, mes idées, c'est la
Ville qui s'augmente de mille feux insolites.

BELLA, du ton de voix le plus simple.

On allume le soir les phares électriques dans
les carrefours.

MAGGY.

On illumine, avec des éclairs stables, les
frontons des édifices.

GEORGIE.

Et les habitants revêtent leurs tuniques phos-
phorescentes, comme de coutume.

NARCISSE, tremblant.

Dans le port, il y a trop de rayons qui
tournent sur la flotte de guerre. Trop de fanaux
rouges, de fanaux verts, de fanaux jaunes.
Cela papillote; et fait cligner les yeux.

BELLA, compatissante.

Ta vue s'est donc affaiblie, Narcisse?

NARCISSE.

Bella! Laisse-moi penser aux naufrages quand
hurle, moins fort que la tempête, la voix en-
gloutie du matelot... A présent, je puis supporter la lumière du port... Quelles vagues de
naphte enflammé courent sur les deux lacs...
Cela brûle les paupières, comme un incendie
proche.

MAGGY, maternelle.

Ton amour s'est donc affaibli, Narcisse.

NARCISSE.

Maggy, laisse-moi penser aux yeux crevés,
aux yeux couverts de taies que les mendiants
montrent pour émouvoir l'égoisme peureux du
passant... Voilà. Je tolère à présent les reflets

de mes yeux, là-bas sur les lacs. Mais pourquoi ces foudres sphériques aux faîtes des édifices universitaires... Cela fatigue.

GEORGIE, *narquoise.*

Ton savoir s'est donc affaibli. Narcisse (*elle éclate de rire.*)

NARCISSE, *la repoussant, délire.*

Georgie, laisse-moi penser aux erreurs des maîtres et à la paresse des disciples... Cela jette une ombre propice, et qui me permet d'entrevoir. Non, Reine du Fer, mon regard ne supporterait pas davantage l'éclat des astres artificiels suspendus dans le faubourg des fabriques fumeuses, si je ne songeais à l'ivrognerie et à la débauche ordinaire des travailleurs, à leur lâche esclavage... Reine de l'Or, si je ne songeais à la prostitution de l'amour et au trafic des consciences, comment pourrais-je admirer les soleils qui signalent, dans les lanternes précieuses, les parvis de tes banques?... Reine de l'Espace, permets que je songe aux troupeaux de soldats que les trains charrient vers les frontières sanglantes et les abattoirs des champs de bataille, si tu veux que je supporte l'éclat des foudres qui portent les express de la montagne à la mer. Il me faut des ombres! Il me faut des ombres pour que je puisse entrevoir, sans être aveuglé, l'éclat de la Ville... Je n'admirerai pas les illuminations de la cathédrale, sans imaginer les bûchers des martyrs et les fureurs des hérésies. Il me faut des ombres... Il me faut des verres noirs... Sinon, mon reflet m'aveugle dans le miroir. Sottises et crimes...! Haines et vices! Fanatismes et Ignorances, je vous jetterai comme un linceul sur la clarté de ma splendeur afin que j'en voile la lumière dont je peux mourir... Car mon reflet m'aveugle... Œuvre de mon intelligence, de ma science et de ma beauté. Œuvre de mes trois amantes, je ne puis plus concevoir... Ville, ville, tes lumières éclatent de toutes parts. Elles s'exorbitent... Elles s'irradient. Et chaque rayon, telle une flèche meurtrière, transperce ma gorge étrécie par l'angoisse, ma vie haletante. Et chaque rayon brûle mon regard... Oh! Pourrai-je, sans périr, endurer l'éclat de mon reflet. Beauté de mon être, tu es pour moi trop belle! Il te faut, sans doute, un amant plus digne de toi, un amant que n'éblouissent pas tes feux.

BELLA, *méprisante.*

En vérité, Narcisse, que tu es faible devant le spectacle de ta force?

MAGGY, *de même.*

Tu t'effares devant la fin que tu te proposas.

GEORGIE.

As-tu peur de te paraître un Dieu...

NARCISSE.

Oui... J'ai peur... J'ai peur d'être Dieu. Si la clarté de la ville grandit encore, je sens que mon reflet dans le miroir sera celui de Dieu... Et qu'alors...

BELLA, *curieuse.*

Et qu'alors?

MAGGY.

Et qu'alors, Narcisse?

GEORGIE.

Et qu'alors, Homme?

(Elles lui donnent ensemble **un triple baiser.**)

NARCISSE.

Et qu'alors Narcisse et le Miroir, mon visage et mon reflet étant confondus dans l'unité de la lumière, je ne puisse plus, ébloui par mon éclat, me contempler... Et qu'alors je...

BELLA.

Tu...

MAGGY.

Seras l'être sans contraste...?

GEORGIE.

Le pur absolu.

BELLA.

Le Dieu qui ne peut se dédoubler pour se concevoir.

MAGGY.

Pour s'affirmer ou se nier.

GEORGIE.

Et qui, par conséquent, pour lui-même, ne serait pas!

A ces mots, Narcisse tombe évanoui dans la clarté formidable de la ville : — Alors, toutes les trois, se penchant vers lui, ricanent légèrement.

BELLA.

Narcisse!

MAGGY.

Narcisse!

GEORGIE.

Narcisse!

BELLA.

Homme, tu n'étais donc pas assez fort...?

MAGGY.

Pour regarder dans ton miroir, homme...

GEORGIE.

... L'éclat réel de ta beauté... Dieu!

Elles se sauvent prestes et rieuses. Leur joie bruyante sonne d'échos en échos.

FIN

SELECT-COLLECTION

Publiée sous la direction littéraire de Max et Alex Fischer

LE VOLUME — Nouvelle série : **1 fr. 20** — Ancienne série : **0 fr. 95**

Les volumes dont les noms sont en italique font partie de la nouvelle série et sont vendus 1 fr. 20.

---

209 VOLUMES PARUS (1)

ACKER (Paul)
54. Les exilés.

ADAM (Paul)
12. *Les cœurs utiles.*
56. Le troupeau de Clarisse.

AICARD (Jean)
de l'Académie Française
20. *Benjamine.*

BEAUNIER (André)
53. L'amour et le secret.

BERNARD (Tristan)
90. *Secrets d'Etat.*
17. *Amants et voleurs.*
45. L'enfant prodigue du Vésinet.

BINET-VALMER
78. Lucien.
28. La passion.
52. Les jours sans gloire.

BORDEAUX (Henry)
de l'Académie Française.
76. Les Roquevillard.

BOURGET (Paul)
de l'Académie Française.
66. L'envers du décor.
52. Les deux sœurs.
11. *Le fantôme.*
31. L'eau profonde.
21. Un crime d'amour.
44. Complications sentimentales.
73. Le cœur et le métier.

CAPUS (Alfred)
de l'Académie Française.
16. Faux départ.
57. *Robinson.*
32. Années d'aventures.

CLARETIE (Jules)
de l'Académie Française.
3. Le million.
49. L'accusateur.

COLETTE (Colette Willy)
7. La retraite sentimentale.
60. L'envers du music-hall.

COPPÉE (François)
de l'Académie Française.
196. Le coupable.
206. Les vrais riches.

CORDAY (Michel)
21. La mémoire du cœur.
72. *Les frères Jolidan.*
84. Les révélées.
14. *Sésame, ou la maternité consentie.*
133. Les feux du couchant.
157. Mariés jeunes.

COURTELINE (Georges)
6. Les gaîtés de l'escadron.
29. Le train de 8 h. 47.
54. Messieurs les ronds-de-cuir.
86. Boubouroche.
104. *Les linottes.*
195. Les femmes d'amis.

DAUDET (Alphonse)
2. *Rose et Ninette.*
12. Tartarin de Tarascon.
49. *Tartarin sur les Alpes.*
75. *Port-Tarascon.*
26. Robert Helmont.
37. Sapho.
65. Le petit Chose.
192. } Fromont jeune et Risler aîné.
193. } (2 volumes.)

DAUDET (Léon)
de l'Académie Goncourt.
55. Suzanne.
105. *La lutte.*
179. Le cœur et l'absence.
208. La mésentente.

DELARUE-MARDRUS (L.)
64. *Le roman de six petites filles.*

DONNAY (Maurice)
de l'Académie Française.
40. *Education de prince.*

DUVERNOIS (Henri)
92. *La bonne infortune.*
148. Edgar.

ESPARBÈS (Georges d')
38. *Les demi-solde.*

FABRE (Ferdinand)
83. *Julien Savignac.*

FARRÈRE (Claude)
34. Mademoiselle Dax, jeune fille.
61. Dix-sept histoires de marins.
66. L'homme qui assassina.
85. Les civilisés.
109. Fumée d'opium.
147. Les condamnés à mort.
158. La maison des hommes vivants.
172. Les petites alliées.
187. La dernière déesse.
198. Bêtes et gens qui s'aimèrent.

FISCHER (Max et Alex)
14. Pour s'amuser en ménage !...
35. L'amant de la petite Dubois.
58. *L'inconduite de Lucie.*
70. La dame très blonde.
88. *Monsieur Tartempion.*
107. Camembert-sur-Ourcq.
120. Le duel de M. Lolotte.
146. Après vous, mon général !...

FLAUBERT (Gustave)
181. La tentation de saint Antoine.

FRAPIÉ (Léon)
28. La maternelle.

FROMENTIN (Eugène)
199. Dominique.

GAUTIER (Théophile)
51. Le roman de la momie.
168. } Mademoiselle de Maupin.
169. } (2 volumes.)

GEFFROY (Gustave)
de l'Académie Goncourt.
116. *Hermine Gilquin.*

GONCOURT (Edmond de)
42. *Les frères Zemganno.*

Voir la suite du catalogue à la page suivante.

GONCOURT (Ed. et Jules de)

8. *Madame Gervaisais.*

GRÉVILLE (Henry)

48. *Sonia.*

GYP

1. *La guinguette.*
15. *Geneviève.*
31. *Miche.*
60. *L'amoureux de Line.*
197. *Un raté.*

HARAUCOURT (Edmond)

165. *Daâh, le premier homme.*

HERMANT (Abel)

19. *Eddy et Paddy.*
59. *Les renards.*
97. *Le joyeux garçon.*

HIRSCH (Charles-Henry)

43. *Les châteaux de sable.*
82. *L'amour en herbe.*
131. *La demoiselle de comédie.*
150. *La chèvre aux pieds d'or.*

LAVEDAN (Henri)
de l'Académie Française.

10. *A table !*
45. *Nocturnes.*

MARGUERITTE (Paul)
de l'Académie Goncourt.

18. *Maison ouverte.*
101. *La faiblesse humaine.*
126. *La maison brûle.*
142. *Les sources vives.*
177. *Les Fabrecé.*
189. *Nous, les mères...*

MARGUERITTE (Victor)

33. *Les frontières du cœur.*
122. *La rose des ruines.*
130. *Le talion.*
151. *La terre natale.*
166. *Jeunes filles.*
182. *Le soleil dans la geôle.*

MARGUERITTE P. et V.)

50. *Femmes nouvelles.*
68. *Poum.*
77. *Zette.*
207. *Vanité.*

MAUPASSANT (Guy de)

119. *Notre cœur.*
125. *Yvette.*
129. *Miss Harriet.*
132. *L'inutile beauté.*
137. *Pierre et Jean.*
141. *Le Horla.*
149. *Les sœurs Rondoli.*
152. *Boule-de-Suif.*
160. *La maison Tellier.*
163. *Monsieur Parent.*

171. *Le rosier de Madame Husson.*
178. *Contes du jour et de la nuit.*
188. *La main gauche.*
205. *Fort comme la mort.*
209. *Mademoiselle Fifi.*

MENDÈS (Catulle)

24. *Zo'har.*

MIRBEAU (Octave)
de l'Académie Goncourt.

91. *Le calvaire.*

PRÉVOST (Marcel)
de l'Académie Française

87. *Chonchette.*
89. *La confession d'un amant.*
95. *Cousine Laura.*
99. *Le jardin secret.*
106. *Les demi-vierges.*
111. *Le domino jaune.*
115. *Le scorpion.*
118. *La princesse d'Erminge.*
123. *Lettres de femmes.*
127. *L'automne d'une femme.*
135. *Nouvelles lettres de femmes.*
139. *Dernières lettres de femmes.*
143. *Mademoiselle Jaufre.*
170. *L'heureux ménage.*
175. *Lettres à Françoise.*
180. *Trois nouvelles.*
186. *Lettres à Françoise mariée.*
190. *La fausse bourgeoise.*

RACHILDE

100. *La tour d'amour.*
167. *La souris japonaise.*

REBOUX (Paul)

159. *Le jeune amant.*

RÉGNIER (Henri de)
de l'Académie Française

7. *Les vacances d'un jeune homme sage.*
52. *Romaine Mirmault.*
103. *L'Amphisbène.*

RENARD (Jules)
du l'Académie Goncourt.

25. *Poil de Carotte.*

RICHEPIN (Jean)
de l'Académie Française

5. *Madame André.*
17. *Césarine.*
73. *Miarka, la fille à l'ourse.*
96. *Braves gens.*
203. *Flamboche.*

ROBERT (Louis de)

23. *Un tendre.*
55. *Le partage du cœur.*
74. *La femme reprise.*

108. *Papa.*
138. *Réussir.*

ROD (Édouard)

11. *Dernier refuge.*
79. *Le ménage du pasteur Naudié.*

ROSNY (J.-H.)
de l'Académie Goncourt.

30. *Le crime du docteur.*

ROSNY aîné (J.-H.)
de l'Académie Goncourt.

76. *Marthe Baraquin.*
134. *Dans les rues.*
174. *... et l'amour ensuite.*
191. *L'amoureuse aventure.*

SANDEAU (Jules)
de l'Académie Française.

27. *Madeleine.*

THEURIET (André)
de l'Académie Française

9. *La petite dernière.*
22. *Les amours d'Estève.*
36. *Hélène.*
41. *Au paradis des enfants.*
46. *Mademoiselle Guignon.*
57. *Reine des bois.*
63. *La fortune d'Angèle.*
69. *Madame Heurteloup.*
93. *Jeunes et vieilles barbes.*
98. *Fleur de Nice.*
110. *Eusèbe Lombard.*
124. *L'affaire Froideville.*
140. *Lys sauvage.*
161. *Le fils Maugars.*
183. *Tante Aurélie.*
202. *Flavie.*

VALDAGNE (Pierre)

136. *La confession de Nicaise.*

VANDÉREM (Fernand)

94. *La victime.*

ZOLA (Émile)

4. *Thérèse Raquin.*
13. *Madeleine Férat.*
32. *Contes à Ninon.*
44. *Le rêve.*
113. *Le vœu d'une morte.*
154. } *Au bonheur des dames.*
155. } (2 volumes.)
184. } *La conquête de Plassans.*
185. } (2 volumes.)
194. *Naïs Micoulin.*
200. } *L'Œuvre.*
201. } (2 volumes.)
204. *Nouveaux Contes à Ninon*

Il paraît deux volumes de *Select-Collection* chaque mois.

Sceaux. — Imp. Charaire.